CB069586

BELEZA E TRISTEZA

Yasunari Kawabata

BELEZA E TRISTEZA

tradução do japonês e notas
Lídia Ivasa

prefácio
Neide Hissae Nagae

Estação Liberdade

Título original: *Utsukushisa to Kanashimi to* (美しさと哀しみと)
© Herdeiros de Yasunari Kawabata, 1961
© Editora Estação Liberdade, 2022, para esta tradução
Todos os direitos reservados.

EDIÇÃO DE TEXTO Eda Nagayama
REVISÃO Fábio Fujita, Nair Hitomi Kayo
EDITOR ASSISTENTE Luis Campagnoli
SUPERVISÃO EDITORIAL Letícia Howes
IMAGEM DE CAPA Obra de Midori Hatanaka, acrílico s/ folha de ouro, para esta edição
EDIÇÃO DE ARTE Miguel Simon
EDITOR Angel Bojadsen

CIP-BRASIL. CATALOGAÇÃO NA PUBLICAÇÃO
SINDICATO NACIONAL DOS EDITORES DE LIVROS, RJ

K32b

Kawabata, Yasunari, 1899-1972
  Beleza e tristeza / Yasunari Kawabata ; tradução Lídia Ivasa ; prefácio Neide Hissae Nagae. - 1. ed. - São Paulo : Estação Liberdade, 2022.
  288 p. ; 21 cm.

  Tradução de: Utsukushisa to kanashimi to
  ISBN 978-85-7448-312-2

  1. Romance japonês. I. Ivasa, Lídia. II. Nagae, Neide Hissae. III. Título.

22-77010   CDD: 895.63
                               CDU: 82-31(520)

Gabriela Faray Ferreira Lopes - Bibliotecária - CRB-7/6643
01/04/2022   06/04/2022

Nenhuma parte da obra pode ser reproduzida, adaptada, multiplicada ou divulgada de nenhuma forma (em particular por meios de reprografia ou processos digitais) sem autorização expressa da editora, e em virtude da legislação em vigor.

Esta publicação segue as normas do Acordo Ortográfico da Língua Portuguesa, Decreto nº 6.583, de 29 de setembro de 2008.

EDITORA ESTAÇÃO LIBERDADE LTDA.
Rua Dona Elisa, 116 | Barra Funda
01155-030 São Paulo – SP | Tel.: (11) 3660 3180
www.estacaoliberdade.com.br

美しさと哀しみと

Sumário

Prefácio à edição brasileira — 11

As cento e oito badaladas do sino — 25

Início da primavera — 51

Festival da Lua Cheia — 83

Céu da estação chuvosa — 107

Jardim de pedras — 127

Lótus em meio às chamas — 149

Fios de cabelo — 183

Ardores de verão — 221

Lago — 243

Prefácio à edição brasileira

Beleza e tristeza é uma das últimas e mais extensas obras de Yasunari Kawabata. Foi a público como folhetim na famosa revista mensal *Fujin Koron*[1] [Opinião pública feminina], de janeiro de 1961 a agosto de 1963; e em formato de livro com dez capítulos em 1964 pela editora Chuo Koron, hoje chamada Chuokoron-Shinsha. Inicialmente tinha nove capítulos — o último teve seu conteúdo desdobrado em dois, sendo que o nono ganhou novo título e o décimo foi acrescido de algumas laudas. Foi escrita concomitantemente a três obras também serializadas. *Nemureru Bijo*[2] na revista *Shincho* [Nova corrente] entre janeiro de 1960 e novembro

---

1. Revista até hoje em circulação. Foi criada em 1916 sob princípios feministas, sempre abordando questões ligadas ao universo das mulheres, tanto no âmbito intelectual quanto no familiar.
2. Em tradução brasileira recebeu o título de *A casa das belas adormecidas* (Editora Estação Liberdade, 2004).

de 1961; *Koto*[3] [Antiga capital], no jornal *Asahi* entre os outubros de 1961 e de 1962; e *Kataude* [Um só braço], ainda sem tradução em português[4], entre agosto de 1963 e janeiro de 1964 também na revista *Shincho*.

Próximo a essa época, Kawabata iniciou mais duas criações literárias que ficaram inacabadas: *Tampopo* [Dente-de--leão], publicada na revista *Shincho* a partir de junho de 1964; e *Tamayura* [Um breve tempo], na revista *Shosetsu Shincho* [Prosas de novas correntes], que foi a público apenas entre setembro de 1964 e março de 1965.

Todas essas publicações são evidências de que aquele foi um período de intensa produção para Kawabata, um escritor de invejável versatilidade e criatividade inserido no sistema de serialização em revistas literárias, comum na época. O lado artístico do autor era acompanhado por outras habilidades que ampliavam ainda mais o seu trabalho: ele atuou também como crítico literário, apresentador de novos talentos e escritor engajado em atividades ligadas à literatura.

Kawabata fez parte do comitê julgador do 1º Prêmio Akutagawa, criado em 1935 e que continua a ser o mais relevante e cobiçado pelos escritores estreantes na atualidade. Presidiu o PEN Club japonês em 1948; e o 29º PEN Club internacional, realizado em 1957 em Tóquio, contou com sua liderança. Foi como convidado de honra do 31º Pen

---

3. Em tradução brasileira recebeu o título de *Kyoto* (Editora Estação Liberdade, 2006).
4. No prelo pela Estação Liberdade, juntamente com *Tampopo*.

Club internacional, realizado no Rio de Janeiro e em São Paulo, que o escritor visitou o Brasil em 1960. Desde 1974, a editora Shincho promove o Prêmio Yasunari Kawabata, que é voltado para contos e tem por objetivo, além de incentivar novos autores, transmitir o nome do Nobel de 1968.

O jovem Yasunari iniciou cedo seu interesse pela literatura e almejou a carreira literária a partir dos catorze ou quinze anos de idade. Leitor ávido desde pequeno, as bibliotecas escolares não eram suficientes para aplacar a sede de conhecimento de sua infância solitária. Aos dezesseis anos já havia perdido todos os parentes mais próximos: o pai aos dois anos, a mãe aos três, a avó aos sete, a única irmã — mais velha — aos dez, e, por fim, o avô aos quinze. Suas lembranças sobre os familiares estão registradas em muitas obras escritas já na idade adulta, entre as quais destacamos *Jurokusai no nikki* [Diário de meus dezesseis anos], publicada quando o escritor contava vinte e sete anos e que tem por base os últimos momentos com o avô já cego e acamado. Nessa obra, as sensações diminuídas ou perdidas do corpo do idoso são descritas por meio da dor ao urinar. Os sons são explorados com os gritos e gemidos e a respiração ofegante, e a expressão atinge o auge com a frase: "O líquido cristalino do rio do vale ecoa no fundo do urinol", como menciona o crítico literário Izumi Hasegawa em seu comentário sobre a obra.[5]

---

5. Kawabata, Yasunari. *Jurokusai no nikki*. In: *Izu no odoriko, Jurokusai no nikki hoka sampen*. 3. ed. Tóquio: Kodansha, 1973. p. 167-183.

Suas primeiras criações literárias foram submetidas a muitas das revistas japonesas de literatura existentes a partir de 1915, mas só depois que fundou, em fevereiro de 1921, a revista *Dai rokuji Shinshicho* [Sexta nova corrente de pensamento] com colegas da Universidade de Tóquio — entre eles Kinsaku Ishihama (1899-1968), Toko Kon (1898-1977) e Hikojiro Suzuki (1898-1975) — que Kawabata recebeu aclamação geral com "*Shokonsai ikkei*" [Cena de uma cerimônia de homenagem aos mortos], conto no qual descreve as peripécias circenses de uma garota com seu cavalo numa cerimônia taoísta.

Efetivamente, o talento do escritor brilha em obras com foco em figuras femininas, a exemplo das consagradas *A dançarina de Izu*, *A gangue escarlate de Asakusa*, *O país das neves*, *Mil tsurus*, *O som da montanha*, *O lago*, *A casa das belas adormecidas* e *Kyoto*. Todas elas, assim como os muitos contos brevíssimos que continuaram a ganhar notoriedade, são posteriores ao Grande Terremoto de 1923 que devastou a região metropolitana de Tóquio. Kawabata tinha grande ímpeto literário e, no ano seguinte ao desastre, criou a revista *Bungei Jidai* [Era das artes literárias], com uma proposta vanguardista de vertentes europeias e americanas, com mais catorze fundadores, entre os quais figuravam Yokomitsu Riichi (1898-1947), Kinsaku Ishihama (1899-1968), Mitsuzo Sasaki (1896-1934), Yoichi Nakagawa (1897-1994), Teppei Kataoka (1894-1944) e Toko Kon. Essa corrente artística recém-nascida foi nomeada de "neossensorialista" pelo crítico Kameo Chiba (1878--1935) na revista *Seiki* [Século], e dessa forma ela passou a ser conhecida. Segundo a visão do crítico, seus autores exploravam as sensações com musicalidade e poeticidade por meio de palavras e expressões nunca antes vistas em nenhum artista.

Não podemos deixar de assinalar que no Japão moderno não houve predominância de alguma corrente literária. Em geral, elas tiveram pequena duração, muitas vezes coexistindo centralizadas nas revistas editadas por seus integrantes. Meses antes da *Bungei Jidai*, que durou de 1923 a 1927, a revista *Bungei Sensen* [Front das artes literárias], ligada à corrente proletária, havia sido criada e durou de 1923 a 1932. Ficou famoso o contraste entre as duas, com a primeira sendo conhecida como a "revolução da literatura", e a segunda como "literatura da revolução". Dois colegas da Universidade de Tóquio que editaram a sexta *Shinshicho* com Kawabata e que também fizeram parte do movimento neossensorialista aderiram à corrente proletária pouco depois. Quando essas revistas foram criadas, já existiam a *Kaizo* [Reforma], criada em 1919 e editada até 1955, e a *Akai tori* [Pássaro vermelho], criada em 1918 e encerrada em 1936, além das revistas com foco em obras poéticas, em meio a muitas outras anteriores e posteriores a esse período. E foi nesse contexto de ebulição de revistas e criações literárias que o universo literário japonês tão profícuo se desenvolveu.

Kawabata explorou os sentidos de forma peculiar. Todos eles — visão, audição, paladar, olfato, tato, e até o sexto sentido — já eram sensações apresentadas pelo budismo como as perdições do ser humano em sua busca pelo *satori*, a "iluminação", para sair da roda das encarnações. O escritor, conforme fica demonstrado em seus ensaios, bem como de acordo com Takeshi Hayashi[6] e outros estudiosos, pauta-se na possibilidade da existência do *bukkai*, um mundo em que os seres humanos conseguem se despojar de todos os desejos mundanos, e também da sua contraposição, o *makai*, onde as tentações permanecem arraigadas no coração dos homens para sempre condenados aos ditos 108 ou 1008 apegos humanos.

A busca pelo retorno à natureza e aos clássicos do mundo antigo japonês teria surgido muito antes da Segunda Guerra Mundial, mas no pós-guerra Kawabata chega a fazer reiteradas declarações também nesse sentido. Por ocasião da morte de seu colega Yokomitsu Riichi em 1947, ele lhe dedicou algumas palavras que diziam da sua intenção de se voltar cada vez mais para a "tristeza do antigo Japão" e que prometiam uma vida elevada como o espírito das montanhas e dos rios do país. A interpretação do estudioso Hayashi é a de que isso revela a paixão de Kawabata pela natureza do Japão e pelo "mundo da literatura clássica

---

6. Hayashi, Takeshi (Org.). *Kansho nihon gendai bungaku dai 15 kan Kawabata Yasunari*. 2. ed. Tóquio: Kadokawa Shoten, 1987.

japonesa como tristeza", em função da empatia por ela e por seus inúmeros personagens solitários e arruinados; entre os muitos, Hikaru Genji, protagonista das famosas narrativas da dama Murasaki Shikibu no século XI.

As personagens de Kawabata, que vivem neste mundo terreno, presas a essas infinidades de paixões humanas, transitam de uma obra para outra, ora com feitios juvenis, ora como pessoas adultas, vividas, solteiras, casadas, divorciadas ou viúvas. Em particular, *Beleza e tristeza* apresenta figuras femininas criadas por um escritor maduro de ares renovados, como um apanhado de obras elaboradas na mesma época, repaginando-as e dando um passo além. Conseguimos, de certo modo, revisitar Kyoto como cenário de celebrações, festas, locais memoráveis, com o encanto de suas belezas naturais que se descortinam entre as tristezas do acaso ou do destino; testemunhamos a atração dos homens por moças cativantes e enigmáticas, estejam elas adormecidas ou não, ou de partes do corpo feminino a possuir vida própria. Presenciamos também um diálogo extraordinário entre as personagens sobre as obras de arte e o processo criativo, com repercussão no mundo em que elas são apresentadas; viajamos no vaivém dos tempos, com o entrelaçamento de memórias das personagens e fatos históricos; e verificamos, ainda, o destaque maior dado às figuras femininas que tiveram movimentos emancipatórios representativos nos anos 1960 atreladas à prosperidade econômica japonesa do início desse período.

Os sentidos explorados desde as suas primeiras obras ganham nome e notoriedade com uma corrente literária que durou cerca de cinco anos apenas. Contudo, como autor que atravessou épocas, Kawabata destacou-se mesmo após a Segunda Guerra Mundial, juntamente com Saneatsu Mushanokoji (1885-1976) e Naoya Shiga (1883-1971), da antiga corrente literária Shirakaba [Bétula branca]; Jun'ichiro Tanizaki (1886-1965) e Nagai Kafu (1879-1959), da corrente Tambi [Estética]; e Masuji Ibuse (1898-1993) da corrente Shinko Geijutsu [Novas artes], ao lado de outros escritores como Hiroshi Noma (1915-1991) e Toshio Shimada (1917-1986), que também haviam despontado antes da guerra. Sendo o primeiro japonês a trazer o Prêmio Nobel à literatura de seu país, Kawabata preservou essa linha do sensorial e do sensual, ou melhor, consolidou-a e foi mais a fundo em *Beleza e tristeza*.

Seu título no original (*Utsukushisa to Kanashimi to*) é formado por dois adjetivos que levam distintos sufixos formadores de substantivos: *utsukushisa* vem do adjetivo *utsukushii* acrescido do sufixo "sa" no lugar da flexão "i"; e *kanashimi*, por sua vez, do adjetivo *kanashii* com o sufixo "mi".

O ideograma 美しい (*utsukushii*) não deixa dúvidas quanto à questão do "belo" e 美しさ (*utsukushisa*) quanto a "beleza". Já *kanashii* teria mais de uma opção: 悲しい ou 哀しい ou 愛しい. No original deste livro, o autor optou pelo segundo ideograma. A explicação, obviamente, não é nada fácil. Em geral, *kanashii* apresenta mesmo os três ideogramas, explicados em dicionários japoneses como sendo o mesmo sentimento de tristeza diante do qual se é impotente, ou de dor e comoção, compaixão ou comiseração. Os dois primeiros combinados estariam voltados mais para as acepções de sofrimento que leva às lágrimas ou ao sentimento dolorosamente insuportável; e os dois últimos juntos teriam o sentido de uma ternura intensa pela meiguice ou formosura de alguém, ou, ainda, do desejo de estar sempre perto de um ente amado e querido. Ou seja, o do meio, 哀しい, liga-se tanto ao primeiro, 悲しい, quanto ao terceiro, 愛しい. Os sufixos "mi" e "sa", por sua vez, indicam intensidade ou estado, distinguem-se apenas pelo uso cristalizado ora de um, ora de outro; em alguns casos, usados um pelo outro. As expressões "tristeza do Japão" e "mundo da literatura clássica japonesa como tristeza", mencionadas anteriormente, contêm o primeiro ideograma, 悲しい, e, considerando que o ideograma para a tristeza do título do livro é outro, 哀しい, paira uma mistura de sentidos, uma ambiguidade.

Ambiguidade essa que permeia a obra como um todo, acrescida de paradoxos. Ela se inicia com a busca pela libertação das paixões humanas, justamente por meio de uma prática budista cujos fundamentos se mostram apenas simbólicos no universo de seus personagens. Nela, seria o acaso ou o destino que aprisiona os seres humanos e que não os deixa se purificar? Embora o monge Ikkyu da era Muromachi (1392-1597) tenha dito que "é fácil entrar no *bukkai* e difícil entrar no *makai*", na visão de Kenkichi Yamamoto[7], Kawabata gostava de usar essas palavras do monge como se tivesse estipulado a si mesmo que para uma instauração da arte é preciso entrar e sair desse mundo de difícil ingresso que é o *makai*.

Em seu discurso ao receber o Prêmio Nobel, Kawabata expõe a sua concepção de "vazio" que, diferente do niilismo, é um universo do espírito, do sentimento, da mente, em que tudo circula livremente, sem fronteiras, e é infinito. No discurso, o laureado percorre as grandes obras da literatura japonesa e outras belezas do Japão, nas quais se insere ao intitulá-lo *Utsukushii Nihon no Watakushi* [O belo Japão e eu]. Kawabata demonstra a união inseparável do ser humano com a Natureza, a amabilidade para com as estações do ano e a emoção diante de suas belezas; invoca seus predecessores e suas experiências ligadas aos sonhos, à imaginação e à fantasia, ampliando o horizonte para a relação da mitologia japonesa com a literatura, para a pintura oriental, para o caminho das flores, os jardins, a cerimônia do chá, a cerâmica e a literatura clássica, nucleada em *Narrativas de Genji* do Japão antigo. No entendimento do crítico Hayashi, os poemas do monge Ryokan (1758-1831),

---

7. Yamamoto, Kenkichi. Comentário explicativo a *Beleza e tristeza*. In: Kawabata, Yasunari. *Utsukushisa to kanashimi*. Tóquio: Chuo Koron, 1973.

citados no discurso do Nobel de Kawabata, expressam a alegria do encontro com a eterna mulher, com a tão esperada amada. Esses poemas estariam, por sua vez, construindo uma tradição em conversa com os poemas de amor e de erotismo de Ikkyu (1394-1481) e de seus dizeres referidos acima sobre o *bukkai* e o *makai* — que é fácil ingressar no primeiro e difícil no segundo.

Se fôssemos explorar e investigar todo o amplo mundo das tentações, este prefácio não teria fim. Deixemos então que o próprio universo de Kawabata, com *Beleza e tristeza*, fale dos encantos da culinária, da língua, da história, dos sarcasmos e de outras surpresas a serem desveladas.

Neide Hissae Nagae
Docente e pesquisadora do Departamento de Letras
Orientais (FFLCH/USP)

BELEZA E TRISTEZA

As cento e oito badaladas do sino[1]

No vagão panorâmico do semiexpresso Hato da linha Tokaido, ao longo das janelas se enfileiravam cinco poltronas giratórias. Toshio Oki notou que apenas uma delas, a do canto, girava silenciosa conforme o trem seguia. A cena prendeu sua atenção, e ele não conseguia desviar o olhar. De couro e com braços baixos, a poltrona em que estava sentado era fixa e, naturalmente, não girava.

Oki viajava sozinho no vagão. Afundado em seu assento, continuou a observar o movimento giratório da poltrona do outro lado do corredor. Não apenas em uma direção, tampouco em ritmo constante. Rodava rápido, depois devagar; às vezes parava para então recomeçar em sentido inverso. Observar aquela única poltrona girando no vagão vazio fez Oki se sentir solitário, e pensamentos vieram à sua mente.

---

1. Cerimônia que ocorre na passagem de 31 de dezembro para 1º de janeiro, em que os templos budistas soam o sino cento e oito vezes a fim de expulsar os cento e oito desejos mundanos do homem.

Era a tarde de 29 de dezembro. Oki se dirigia a Kyoto para as badaladas de final de ano.

Na noite de passagem para o Ano-Novo, Oki tinha o costume de ouvir as badaladas pelo rádio. Há quanto tempo? Não sabia ao certo quando haviam começado a ser transmitidas, mas acompanhava todos os anos. O locutor fazia comentários ao longo do ressoar dos célebres sinos dos antigos templos japoneses. Sua voz detinha uma cadência bela, como se declamasse poemas. O eco do repicar lento e espaçado dos sinos budistas remetia à passagem do tempo, manifestava a simplicidade do Japão passado. O programa transmitia primeiro os sinos dos templos do norte e, em seguida, os de Kyushu, ao sul, encerrando sempre com os de Kyoto. Muitos pela cidade, os sons dos sinos acabavam misturados na transmissão pelo rádio.

No horário do programa de Ano-Novo, a esposa e a filha de Oki geralmente estavam ocupadas com afazeres, seja na cozinha preparando os vários pratos, lavando a louça ou escolhendo quimonos e fazendo arranjos florais. Ele então se sentava na sala de estar e ouvia o rádio. Levado pelas badaladas de Ano-Novo e por uma intensa comoção, Oki rememorava o ano prestes a terminar. Dependendo de como havia sido, os sentimentos eram mais profundos ou dolorosos. Por vezes, sentia-se tomado por arrependimento ou tristeza. E, apesar de não apreciar as palavras ou a afetação do locutor, os sons reverberavam em seu peito.

Mantinha guardado o desejo de um dia ir a Kyoto só para ouvir os sinos dos antigos templos.

No final desse ano, uma vontade repentina fez nascer a ideia de ares rebeldes: encontrar-se com Otoko Ueno. Fazia muitos anos que não se viam, e ela morava em Kyoto; poderiam ouvir os sinos juntos. Pintora de estilo tradicional japonês, havia fundado sua própria escola e, apesar de nunca ter enviado uma carta desde sua mudança, Oki acreditava que ela ainda vivia sozinha.

Era uma decisão imprevista e, não tendo o costume de adquirir passagens com antecedência, Oki embarcou no vagão panorâmico do semiexpresso Hato sem ter comprado o bilhete na estação de Yokohama. A linha Tokaido poderia estar lotada, mas como conhecia o velho atendente do vagão panorâmico, achou que acabaria arranjando um lugar.

O Hato parte de Tóquio e Yokohama depois do meio-dia e chega a Kyoto no final da tarde; na volta, parte de Osaka e Kyoto também depois do meio-dia. Para poder dormir pela manhã, Oki gostava desse expresso e sempre o utilizava para ir e voltar de Kyoto, sendo conhecido pela maioria das moças que atendiam o vagão de segunda classe (na época em que o trem contava com primeira, segunda e terceira classes).

Ao embarcar, viu que o vagão de segunda classe não estava tão cheio. Talvez a tarde do dia 29 fosse uma data de poucos passageiros. Nos dias 30 e 31 é que os trens deviam ficar lotados.

Oki observava a poltrona girar e estava prestes a mergulhar em divagações sobre o "destino", mas nesse momento o velho atendente lhe trouxe chá-verde.

— Estou sozinho? — perguntou Oki.
— Há cinco ou seis passageiros, senhor.
— Será que vai estar cheio no dia 1º?
— Não, nesse dia costuma ficar vazio. O senhor voltará no dia 1º?
— Sim, preciso voltar nesse dia.
— Então deixarei avisado, pois não estarei trabalhando.
— Obrigado.

Depois que o atendente se foi, Oki olhou ao redor e, ao lado de uma poltrona distante, viu duas malas de couro branco. Eram quadradas e finas, de um modelo novo. O couro branco tinha manchas marrom-claras e era de ótima qualidade, do tipo que não se encontrava no Japão. Em cima da poltrona havia uma grande valise de pele de leopardo. O dono desses pertences provavelmente era norte-americano e devia ter ido ao vagão-restaurante.

Do lado de fora da janela, uma floresta se erguia em meio à névoa espessa e quente. Havia, entre as distantes nuvens brancas que pairavam acima dessa névoa, uma luz tênue, como se fosse emitida pela superfície. Mas, conforme o trem prosseguia, o céu ficou limpo. Os raios de sol penetraram pela janela, iluminando o piso do vagão. Ao passarem perto de uma montanha com pinheiros, Oki viu o chão coberto por folhas pontiagudas. As folhas do bambuzal estavam amareladas. As reluzentes ondas do mar se chocavam contra o cabo sombrio.

Dois casais norte-americanos de meia-idade voltaram do vagão-restaurante e, ao avistarem o monte Fuji depois de passar por Numazu, levantaram-se e apressadamente começaram a tirar fotos. Mas quando o Fuji apareceu por completo em Susono, cansaram-se da atividade e deram as costas para a janela.

No inverno, os dias escurecem cedo. Depois de seguir com o olhar um rio cinza-pálido, Oki levantou o rosto e fitou o pôr do sol. Por fim, um vestígio de luz branca escapou gelidamente das fendas em forma de arco de uma nuvem negra e assim se manteve por um longo tempo. No vagão, iluminado havia um bom tempo, as poltronas giratórias, por algum impulso, começaram a balançar para lá e para cá, todas de uma vez. Apenas a poltrona do canto girava sem parar.

Quando chegou a Kyoto, Oki se alojou no Hotel Miyako. Pensou que Otoko poderia visitá-lo no quarto, então pediu por um aposento silencioso. No elevador, teve a impressão de que subiu até o sexto ou sétimo andar, mas o prédio fora construído de modo que ficasse nivelado com os declives íngremes do distrito de Higashiyama, e por isso, ao atravessar um longo corredor, alcançava-se o primeiro andar. Os quartos desse corredor deviam estar vagos, pois não vinha som algum deles. Porém, depois das dez horas, os dois quartos vizinhos ficaram barulhentos de repente, e ele ouvia vozes de estrangeiros. Oki perguntou ao carregador sobre o barulho.

— São duas famílias com doze crianças — respondeu ele.

As crianças não se limitavam a conversar em voz alta, elas iam e vinham dos dois quartos, correndo pelo corredor e fazendo algazarra. Por que o colocaram ao lado desses hóspedes barulhentos, se havia tantos quartos vagos no hotel? Como eram crianças, logo deveriam dormir, imaginou Oki — porém, animadas pela viagem, elas não se acalmaram tão cedo. O que mais o incomodava eram seus passos pelo corredor. Ele se levantou da cama.

A algazarra em língua estrangeira vinda dos dois quartos apenas fez Oki sentir-se mais solitário. Lembrou-se da poltrona que girava sozinha no vagão panorâmico do trem, e era como se visse a solidão em seu próprio coração, girando silenciosamente.

Ele viera a Kyoto para ouvir as badaladas do Ano-Novo e para se encontrar com Otoko Ueno, mas pensou novamente em qual era seu objetivo principal e qual era o secundário: Otoko ou as badaladas? Tinha certeza de que ouviria as badaladas do sino, mas ainda não sabia se iria se encontrar com ela. Será que essa certeza não passava de pretexto e o encontro é que seria seu desejo de coração? Ele pretendia ouvir as badaladas de Ano-Novo com Otoko, por isso viera a Kyoto. Não era uma tarefa difícil, era até plausível, e lá estava ele. Mas, entre os dois, havia uma separação de muitos anos. Ela teria continuado solteira, mas nem por isso ele estava certo de que ela quisesse se encontrar com um antigo amante; Oki realmente não sabia como seria.

— Não, não aquela mulher! — murmurou, mas não sabia se "aquela mulher" havia mudado.

Otoko alugara o anexo de um templo e ali morava com uma aluna. Ele vira as fotos numa revista de arte. Parecia grande, não um lugar de pouco mais de três metros, e a sala de tatames, usada como ateliê, era espaçosa. O jardim tinha uma simplicidade refinada. Na foto, ela segurava o pincel e olhava para baixo, mas Oki não tinha dúvida de que era Otoko, por causa da linha que ia da testa ao nariz. Não havia engordado com o passar dos anos e continuava esbelta. Essa foto, mais do que meras recordações do passado, provocava-lhe remorso, pois sabia que roubara dela a chance de se tornar esposa e mãe. É claro que esse sentimento, entre as pessoas que viram a foto da revista, ocorria apenas em Oki. Talvez, para aquelas que não tinham relação com Otoko, a impressão fosse de uma artista que havia se mudado para Kyoto e se tornara uma bela mulher.

Oki pretendia, no dia 29 ou 30, telefonar-lhe ou visitá-la. Porém, pela manhã, depois de acordar com a balbúrdia das crianças estrangeiras, ficou nervoso e hesitou. Dirigiu-se à escrivaninha para lhe enviar um telegrama, mas não sabia o que escrever. Assim, enquanto observava o papel de carta em branco do hotel, achou melhor não se encontrar com ela: ouviria sozinho as badaladas do Ano-Novo e iria embora.

Com a algazarra das crianças nos dois quartos, Oki acordara cedo, mas, assim que as duas famílias estrangeiras saíram, dormiu novamente. Acordou por volta das onze horas.

Oki fazia lentamente o nó da gravata quando se lembrou de uma cena em que Otoko dizia: "Eu faço o nó. Deixe-me fazer o nó..." Foram as primeiras palavras da garota de dezesseis anos[2] depois que perdera sua pureza. Ele ainda não havia dito nada. Não tinha palavras para falar. Abraçou com suavidade as costas de Otoko e, enquanto afagava seus cabelos, as palavras não saíram. Então a garota escapou de seus braços e começou a se vestir. Oki se levantou, vestiu a camisa e começou a fazer o nó da gravata. Otoko olhava para ele com atenção. Seus olhos estavam úmidos, mas não de lágrimas; pelo contrário, brilhavam. Ele desviou o olhar desses olhos. Antes, quando a beijara, ela estava de olhos abertos, por isso ele encostara seus lábios nas pálpebras de Otoko, para que ela os fechasse.

A voz de Otoko dizendo que daria o nó na gravata tinha algo da doçura de uma menina. Oki se sentiu aliviado. O gesto fora completamente inesperado. Talvez fosse mais para fugir dele naquele instante do que um sinal de que ela

---

2. Tradicionalmente, concede-se um ano à criança já no dia de seu nascimento. O modo ocidental de contagem, em que a criança completa um ano somente após 365 dias depois de seu nascimento, entrou em vigor no Japão em 1950. As idades referidas nesta obra seguem a contagem antiga.

o perdoara. As mãos que brincavam com a gravata faziam movimentos gentis. Mas ela parecia não saber dar o nó.

— Você sabe? — perguntou Oki.

— Acho que sim. Quando eu era pequena, via meu pai fazendo.

O pai de Otoko morrera quando ela tinha doze anos.

Oki se sentou e levantou o queixo, deixando Otoko se acomodar em seu colo para facilitar-lhe o trabalho. Ela se curvou sobre o peito dele e, depois de três tentativas, disse:

— Aí está, garoto, consegui. Está bom assim, não é?

Ela se levantou e, com os dedos apoiados no ombro direito de Oki, observou a gravata. Ele foi até o espelho. A gravata tinha um nó perfeito. Oki esfregou com força o rosto oleoso com as mãos. Não conseguia se encarar no espelho após ter violentado a garota. Viu Otoko se aproximar dele pelo reflexo do espelho. Sua beleza fresca e adorável o transpassou. Ao se virar para trás, ela pousou uma das mãos em seu ombro, dizendo apenas:

— Eu te amo. — E encostou levemente seu rosto no peito dele.

Oki achara estranho que uma garota de dezesseis anos chamasse de "garoto" um homem de trinta.

Depois disso, vinte e quatro anos se passaram. Oki estava com cinquenta e cinco. Otoko deveria ter quarenta.

Ele entrou no banheiro e, ao ligar o rádio instalado no quarto, ouviu que em Kyoto se formara apenas uma fina camada de gelo. Era um inverno ameno e a previsão dizia que a temperatura da passagem do Ano-Novo não seria tão baixa.

Oki tomou café com torradas no quarto e saiu de táxi. Como não havia decidido se visitaria Otoko, não tinha um lugar específico para ir, por isso se dirigiu para Arashiyama. Vistas do carro, as colinas, algumas iluminadas pelo sol e outras escondidas pelas sombras, enfileiravam-se de norte a oeste e mantinham seu relevo suave, mas mostravam o frio e a austeridade do inverno de Kyoto. A luz do sol refletida nas pequenas montanhas era pálida e parecia anunciar a chegada do entardecer. Oki desceu do táxi em frente à ponte Togetsukyo, mas não a atravessou e seguiu até as proximidades do parque Kameyama, onde subiu o caminho que margeava o rio.

Arashiyama, que costumava ser tumultuado com os grupos de turistas que visitam o local da primavera ao outono, tinha uma atmosfera completamente diferente no final do ano: havia poucas pessoas ali. Arashiyama estava agora em sua forma original, silenciosa. As águas da margem do rio eram límpidas. O som da madeira sendo descarregada da balsa para o caminhão ecoava ao longe. A face da montanha voltada para o rio devia ser a paisagem que as pessoas viam quando visitavam Arashiyama, mas agora estava encoberta pela sombra que se inclinava sobre as águas, com apenas metade da montanha iluminada pelo sol.

Oki pretendia almoçar sozinho em algum lugar tranquilo. Havia dois restaurantes que já visitara. Mas os estabelecimentos próximos à ponte Togetsukyo estavam com os portões fechados. Nenhum cliente faria questão de vir até esse bairro solitário no dia 30 de dezembro. Ele começou a andar devagar, achando que os restaurantes pequenos e antigos deveriam estar fechados também. Mas não precisava necessariamente comer em Arashiyama. Após subir uma antiga escada de pedra, uma moça se recusou a atendê-lo, dizendo que todos que trabalhavam no estabelecimento tinham ido para o centro da cidade. Oki ficou pensando nas rodelas de brotos de bambu da estação, cozidas com lascas de bonito, que saboreara havia tantos anos nesses restaurante...

Ele voltou para o caminho que margeava o rio e, no declive suave da escada de pedra que dava para o restaurante vizinho, viu uma senhora varrer folhas de bordo. Ela disse que acreditava que o restaurante estivesse aberto. Oki se aproximou dela e disse que tudo ali era bem silencioso, e a senhora respondeu:

— Sim, dá para ouvir claramente as vozes vindas do outro lado do rio.

O restaurante se escondia entre as árvores no meio da montanha. Tinha um telhado grosso de colmo, já antigo e úmido, e a entrada era escura, nem parecia bem uma entrada. Havia uma moita de bambus na fachada. Atrás do telhado de colmo, quatro ou cinco galhos da copa de um belo pinheiro vermelho cresciam altos. Oki foi levado até uma sala de tatames, mas não havia sinal de clientes. Atrás da porta corrediça de vidro, viu algo vermelho: frutos de louro-do-japão. Ele encontrou uma azaleia florida fora de época. O louro-do-japão, o bambuzal e o pinheiro vermelho escondiam a vista para o rio, mas o pouco que via entre as folhas era de uma limpidez profunda, como o jade imperial. A água corria calmamente, assim como era tranquila toda aquela área de Arashiyama.

Oki aproximou os cotovelos do braseiro. Ouviu um passarinho cantar. O som de madeiras sendo carregadas num caminhão reverberava pelo vale. O apito do trem da linha San'in, que não se sabia se estava entrando ou saindo do túnel, ecoava tristemente pelas colinas, lembrando o choramingo de um recém-nascido.

Aos dezessete anos, Otoko havia prematuramente dado à luz um filho de Oki. Era uma menina. O bebê acabou morrendo, por isso ele não o mostrou a Otoko. Quando a tragédia aconteceu, o médico disse:

— Acredito que seja melhor avisar a mãe quando a situação estiver mais calma.

E a mãe de Otoko pediu:

— Senhor Oki, conte a ela. Minha filha ainda é uma criança, mas a pobrezinha quis dar à luz. Se eu contar, acho que vou começar a chorar antes de falar.

A raiva e o ressentimento em relação a Oki esmaeceram temporariamente quando a filha entrou em trabalho de parto. Apesar de ele ser um homem casado e com um filho, Otoko, sua única filha, quis ter a criança, e, como mãe, ela deve ter ficado exausta de continuar acusando e odiando o homem responsável por isso. Ela era uma mulher de personalidade mais forte do que a filha, mas, de repente, parecia que tinha perdido as forças. Ela escondera a garota de todos para que pudesse ter a criança e dependia de Oki para decidir o que fazer com a recém-nascida. Além disso, Otoko, nervosa com a gravidez, ameaçara se matar se ouvisse a mãe falar mal de Oki.

Ele voltou para o quarto do hospital e fitou os olhos límpidos e puros da parturiente, mas logo esses olhos se encheram de lágrimas, que lhe escorreram pelo canto dos olhos e molharam seu travesseiro. Oki achou que Otoko já sabia o que acontecera. As lágrimas afloravam em seus olhos e caíam sem parar. Dois ou três fios escorriam-lhe pelo rosto. Um deles se aproximava de seu ouvido, e Oki rapidamente tentou limpá-lo. Ela agarrou a mão dele e, pela primeira vez, começou a chorar aos soluços. Chorava como se algo preso dentro de si tivesse sido libertado.

— Ele morreu? O bebê morreu! Morreu!

De tanta agonia, parecia que choraria sangue. Oki apertou-a contra si e a abraçou. Os seios da garota, apesar de pequenos, estavam rígidos e encostaram em seu braço.

A mãe, que esperava do lado de fora do quarto, entrou.

— Otoko, Otoko — chamou pela filha.

Oki, sem se preocupar com a mãe, continuava a abraçá-la.

— Está me sufocando. Me solte... — disse Otoko.

— Promete que vai ficar quietinha? Não vai se mexer?

— Prometo.

Oki a soltou; ela respirava com dificuldade. Novas lágrimas brotaram de seus olhos.

— Mãe, vão cremá-lo?

A mãe não respondeu.

— Mesmo sendo um bebezinho?

A mãe continuou em silêncio.

— Quando eu nasci, a senhora disse que meu cabelo era bem preto, não é?

— Isso, era bem preto.

— O cabelo do bebê era preto também? Mãe, pode cortar uma mecha do cabelo dele para mim?

— Otoko... — hesitou a mãe. — Otoko, logo você terá outro bebê — disse sem querer, e, como se regurgitasse essas palavras, virou o rosto em sinal de desagrado.

Será que tanto a mãe quanto Oki desejavam secretamente que essa criança não visse a luz do dia? Eles fizeram Otoko parir numa maternidade qualquer na periferia de Tóquio. Oki sentiu um aperto no coração ao pensar que talvez a criança se salvasse se tivessem ido a um bom hospital. Quem levou Otoko à maternidade foi o próprio Oki, sozinho. A mãe dela não viera. O médico tinha a cara vermelha de tanto beber e deveria rondar os quarenta anos. A jovem enfermeira olhava para Oki com reprovação. Otoko vestia um quimono de seda *meisen*, que ainda mantinha a costura *kata age*.[3]

---

3. Ajuste feito na parte dos ombros de um quimono infantil, uma espécie de barra que pode ser desfeita conforme a criança cresce.

A imagem da criança prematura e de cabelos pretos, da qual Oki se lembrava vividamente mesmo depois de vinte e três anos, parecia se esconder entre as árvores de inverno ou se afundar nas margens verdes do rio em Arashiyama. Ele bateu palmas para chamar a garçonete. Como não estavam preparados para receber clientes hoje, ele sabia que a comida demoraria a ficar pronta. A garçonete que veio à sala queria distraí-lo: serviu-lhe mais chá quente e permaneceu no recinto.

Durante a conversa interminável, ela contou a história de um homem que foi transformado em texugo. Esse homem andou pelo rio durante a madrugada e foi encontrado dizendo: "Vou morrer, me ajudem! Vou morrer, me ajudem!" Embaixo da ponte Togetsukyo, o rio é raso, de modo que ele poderia ter ido facilmente até a margem, mas ficou se debatendo dentro do rio. O homem contou, depois de ser salvo e recobrar a consciência, que às dez horas da noite anterior andara a esmo pela montanha, como um sonâmbulo, e acabara entrando no rio.

A garçonete se levantou quando foi chamada à cozinha. Primeiro, trouxe *tsukuri* de funa.[4] Oki saboreou o prato com um pouco de saquê, bebendo lentamente.

---

4. *Tsukuri* é um sinônimo para sashimi. *Funa* é o peixe conhecido como pimpão, de nome científico *Carassius carassius*.

Ao sair do restaurante, Oki olhou mais uma vez para o telhado grosso de colmo. Apodrecido e com musgos, achou-o de uma beleza elegante. A gerente comentou:

— Dizem que as coisas nunca secam quando estão embaixo de uma árvore. Não se passaram nem dez anos desde que o telhado foi trocado, mas parece que com oito anos ele já ficou dessa maneira.

À esquerda do telhado de colmo despontava uma meia-lua branca no céu. Oki descia pelo caminho que margeava o rio e observou um pássaro azul voar quase rente à água. A cor de suas penas se destacava.

Oki apanhou um táxi perto da ponte Togetsukyo e pretendia ir até Adashino. As estátuas budistas e torres de pedra que homenageavam os mortos desconhecidos deviam proporcionar a sensação de impermanência, se vistas perto do entardecer de inverno. Contudo, ao ver a escuridão da floresta de bambus na entrada do Templo Gioji, pediu ao taxista que voltasse. Decidiu passar no Kokedera, o templo dos musgos, e voltar para o hotel. No jardim do templo, havia apenas um casal que parecia estar em lua de mel. Folhas secas de pinheiros se espalhavam sobre o tapete de musgos, e Oki caminhou levado pelo reflexo das sombras das árvores que se movimentavam pelo lago. Voltou para o hotel, em direção ao distrito de Higashiyama tingido de rubro pelo sol do entardecer.

Depois de ter tomado um banho para se aquecer, procurou o número de Otoko Ueno na agenda telefônica. Uma voz jovem atendeu a ligação, talvez a aluna de Otoko, a quem logo se ouviu ao telefone:

— Sim, pois não?

— É Oki.

Não houve resposta.

— Sou eu, Toshio Oki.

— Ah, sim, há quanto tempo — respondeu Otoko. Oki não sabia o que falar e, dispensando formalidades, disse rapidamente, como se o telefonema fosse casual:

— Queria ouvir as badaladas do Ano-Novo em Kyoto, por isso vim para cá.

— As badaladas do Ano-Novo?

— Pode me acompanhar?

Otoko não respondeu.

— Pode me acompanhar?

Otoko continuou calada.

— Alô? Alô? — chamou Oki.

— Veio sozinho?

— Sim, sozinho. Vim sozinho.

Ela se calou novamente.

— Ouvirei as badaladas e retornarei na manhã seguinte. Vim para ouvir com você as badaladas da passagem do ano. Envelheci bastante. Há quantos anos não nos encontramos? Passou-se tanto tempo que, se não fosse numa ocasião como esta, não ousaria encontrá-la.

Otoko não disse nada.

— Posso buscá-la amanhã?

— Não. — Otoko parecia em pânico. — Eu irei buscá-lo. Oito horas... Não, é muito cedo. Espere no hotel até um pouco depois das nove. Vou reservar um lugar.

Oki pensou que poderia jantar com ela antes do evento, mas, se ela marcou às nove, quer dizer que ele deveria jantar antes. Além disso, não esperava que ela fosse aceitar. As lembranças do passado com Otoko voltaram com força à sua mente.

No dia seguinte, ficou desde a manhã até as nove horas da noite sozinho no hotel. Pensar que era 31 de dezembro dava-lhe a sensação de que o tempo passava ainda mais devagar. Oki não sentia vontade de fazer nada. Tinha muitos conhecidos em Kyoto, mas era final de ano e, como ouviria as badaladas do sino com Otoko à noite, não queria se encontrar com ninguém. Não queria que ninguém soubesse que tinha vindo. Não eram poucos os estabelecimentos convidativos para conhecer os sabores de Kyoto, mas preferiu um jantar prático no hotel. Dessa forma, passou o último dia do ano mergulhado nas lembranças de Otoko, levado pelas memórias que se repetiam e ganhavam cores nítidas. Era como se essas lembranças de vinte e poucos anos atrás, que habitavam sua mente agora, fossem mais vívidas do que o que acontecera no dia anterior.

Oki não estava de pé próximo à janela, por isso não conseguia observar a rua do hotel, mas podia ver, além dos telhados das casas, a paisagem de Nishiyama. O local era perto e, comparada a Tóquio, Kyoto era uma cidade pequena e afável. Enquanto observava, as nuvens flutuantes transparentes que pairavam levemente douradas sobre Nishiyama se tingiram de cinza, e anoiteceu.

O que são as lembranças? O que é esse passado do qual se lembrava tão nitidamente? Quando Otoko, levada pela mãe, mudou-se para Kyoto, Oki pensou que a relação entre eles chegara ao fim, sem sombra de dúvida; mas será que eles realmente haviam terminado? Oki arruinara a vida de Otoko, roubando-lhe a chance de se tornar esposa e mãe, e não conseguiria fugir do sofrimento por ter lhe causado isso, mas ela, que passou a vida solteira, o que pensara a respeito dele durante todos esses anos? Para Oki, a Otoko de suas lembranças era uma mulher intensa e única. E mesmo hoje, será que ela, de quem se lembrava tão vividamente, conseguira se desvencilhar dele? Nascido em Tóquio, ver a cidade de Kyoto iluminada ao entardecer lhe dava a sensação de estar em sua terra natal, seja porque Kyoto de certa maneira era a cidade natal de todo japonês, seja porque Otoko morava ali. Oki entrou no banho inquieto, trocou a roupa de baixo, a camisa e até a gravata, andou pelo quarto, conferindo repetidamente sua aparência no espelho e esperou por ela.

— A senhorita Ueno veio buscá-lo.

Quando Oki recebeu esse aviso da recepção, passavam vinte minutos das nove horas.

— Diga-lhe para esperar no saguão, que logo irei.

Depois de atender a ligação, resmungou sozinho: teria sido melhor tê-la chamado ao quarto?

Ele não avistou Otoko na ampla entrada do hotel. Uma jovem se aproximou.

— É o senhor Oki?

— Sim.

— Fui enviada pela mestra Ueno para buscá-lo.

— Hã? — Oki se esforçou para agir com naturalidade.

— Obrigado, é muita gentileza.

Ele achou que Otoko viria buscá-lo pessoalmente, mas estava enganado. Ficou confuso com as vívidas lembranças que tinha rememorado durante quase o dia inteiro.

Mesmo depois de entrar no táxi que a jovem havia feito esperar, Oki permaneceu em silêncio por algum tempo, até que perguntou:

— Você é aluna da senhorita Ueno?

— Sim.

— E mora com ela?

— Sim, e há também uma senhora para ajudar com os afazeres domésticos.

— É de Kyoto?

— Minha família é de Tóquio, mas admiro os trabalhos da mestra Ueno, por isso vim para cá e passei a morar com ela.

Oki olhou para a jovem. Desde que se falaram no hotel, Oki havia reparado em sua beleza: o pescoço longo e fino, o formato das orelhas e um lindo rosto de perfil. Suas feições eram tão deslumbrantes que Oki não conseguia encarar seus olhos, mas seu modo de falar era discreto. Evidentemente, estava tímida frente a Oki. Será que conhecia a relação entre sua professora e ele? Uma relação que existira antes de ela nascer? Enquanto pensava sobre isso e outras coisas, Oki fez uma pergunta trivial:

— Você sempre veste quimono?

— Não. Em casa sempre ando para lá e para cá, por isso uso calças, apesar de assim parecer desleixada. Como teremos a passagem do ano durante as badaladas, a mestra me vestiu com um quimono de Ano-Novo — revelou a jovem, de modo mais informal. Ela não viera apenas buscá-lo no hotel, mas também iria acompanhá-los. Dessa forma, Oki teve certeza de que Otoko não queria ficar a sós com ele.

O táxi subiu pelo Parque Maruyama, em direção ao Templo Chion'in. Na sala de estilo antigo com tatames, além de Otoko, havia duas *maiko*.[5] Isso o deixou completamente desconcertado. Otoko estava com os joelhos sob a manta do *kotatsu*[6] e as duas *maiko* estavam acomodadas frente a frente, próximas a um braseiro. A aluna se ajoelhou perto da entrada e disse, fazendo uma reverência:

— Eu o trouxe, mestra.

Otoko se afastou do aquecedor e se dirigiu a Oki:

— Há quanto tempo! Achei que o sino do Templo Chion'in fosse a melhor opção, por isso o trouxe para cá. Este estabelecimento está fechado hoje, então não sei se nos servirão algo...

---

5. Aprendiz de gueixa.
6. Mesa baixa, coberta com futon e com aquecedor embutido.

— Obrigado. Desculpe pelo trabalho — foi tudo o que Oki conseguiu dizer no momento. Como, além da aluna, havia as duas *maiko*, ele não poderia falar nada que indicasse seu passado com Otoko, muito menos deixar transparecer algo em seu rosto. Depois de receber o telefonema, Otoko deve ter ficado confusa e resolveu se precaver, convidando também as *maiko*. Será que o fato de evitar ficar a sós com ele revelava seus sentimentos? Teve essa impressão quando entrou na sala e olhou para ela. Com apenas essa troca de olhares, também sentiu que ele ainda morava no coração dela. As outras pessoas não deviam ter notado. Não, a aluna morava com Otoko, e as *maiko*, apesar de jovens, eram mulheres do distrito da luz vermelha, portanto talvez tivessem notado alguma coisa. Mas é claro que todas agiam com naturalidade.

Otoko apontou o lugar de Oki e disse para a aluna:

— Keiko, você se senta aqui.

Para evitar ficar de frente para Oki, Otoko ficou do outro lado do *kotatsu*, sentando-se de lado. As duas *maiko* ficaram perto dela.

— Keiko, você cumprimentou o senhor Oki? — Depois que disse isso à aluna, apresentou-a. — Esta é Keiko Sakami, ela mora comigo. Não parece, mas é um pouco maluquinha.

— Mestra, que crueldade.

—Às vezes, faz umas pinturas abstratas. São tão intensas que causam medo e parecem tomadas pela loucura, mas fui arrebatada por elas e sinto até inveja. Ela chega a entrar em transe quando pinta.

Uma atendente acabou trazendo saquê e petiscos. As *maiko* serviram o saquê.

— Não imaginei que ouviria as badaladas do Ano-Novo desta maneira — comentou Oki.

— Achei que gostaria de ouvi-las com mulheres jovens. Afinal, ao ouvir as badaladas, ficamos um ano mais velhos, é triste. — Sem olhar para ele, Otoko continuou: — No meu caso, acho que vivi até demais...

Oki se lembrou de que, dois meses depois de o bebê ter morrido, Otoko tentara se suicidar tomando remédios para dormir. Será que ela também se lembrava disso? Ele soubera do evento pela mãe. Ela queria que Oki se separasse da filha e de tanto insistir levou-a à tentativa de suicídio. Mesmo assim, ela o chamou. Ele foi até a casa delas para cuidar de Otoko. Massageava sua coxa endurecida pela grande quantidade de injeções. A mãe ia e voltava da cozinha, trazendo toalhas quentes. Otoko não usava a parte de baixo das vestes. O inchaço causado pelas injeções se destacava visivelmente nas coxas finas da jovem de dezessete anos. Ao massagear o local, a mão de Oki escorregava se ele aplicava muita força e deslizava por entre as coxas de Otoko. Quando a mãe estava ausente, ele limpava a gosma repulsiva que fluía dali. Sofrendo de remorso e pena, Oki derramava lágrimas nas coxas de Otoko, jurando que faria o que pudesse para mantê-la viva e que não se separaria dela, não importava o que acontecesse. Os lábios de Otoko ficaram roxos. Ele ouviu o choro contido da mãe na cozinha. Oki se levantou e foi até ela. Estava na frente do fogão, agachada no chão e com os ombros encolhidos.

— Ela vai morrer. Vai morrer.

— Mesmo que morra agora, a senhora cuidou dela com todo o carinho, por isso eu acho que está tudo em ordem.

Ela segurou a mão dele, dizendo:

— O senhor também, senhor Oki. O senhor também...

Ele não dormiu para cuidar de Otoko, até que ela despertou, no terceiro dia. Com os olhos arregalados, Otoko se contorcia com força, remexendo a cabeça e o peito.

— Que dor, que dor! — Ela percebeu que Oki olhava. — Não! Não! Saia daqui!

Embora a dedicação de Oki pudesse vir a surtir efeito, dois médicos a trataram, e a vida dela foi salva.

Provavelmente, Otoko não deve ter ouvido da mãe os detalhes sobre os cuidados de Oki. Mas ele ainda se lembrava muito bem. Mais do que o corpo com quem dormiu, lembrava-se nitidamente de suas coxas, que observou enquanto ela agonizava entre a vida e a morte. Mesmo cobertas pelo futon do aquecedor da sala onde ouviriam as badaladas do Ano-Novo, e passados mais de vinte anos, ele ainda conseguia visualizar essas coxas.

Otoko bebeu sem hesitação o saquê servido pelas *maiko* e por Oki no *sakazuki*.[7] Parece que ela se acostumara a beber bastante. Uma das *maiko* contou que levava cerca de uma hora para que as cento e oito badaladas soassem. As duas não estavam vestidas adequadamente para atender um *zashiki*[8], usavam quimonos de seda simples e refinados. O laço dos *obi*[9] também não era do tipo que ficava solto, mas era de boa qualidade e gracioso. As *maiko* não usavam enfeites *kanzashi* no cabelo, apenas um simples pente. Parece que eram conhecidas de Otoko, mas Oki não sabia por que vieram vestidas com trajes informais. Bebendo saquê e ouvindo trivialidades das *maiko* no dialeto de Kyoto, ele se sentiu relaxado. O plano dela fora astuto. Sem dúvida, evitara ficar a sós com ele, mas queria preparar e acalmar seu coração com o encontro repentino. Mesmo que estivessem apenas sentados, havia algo sendo transmitido entre os dois.

O sino do Templo Chion'in soou.

— Ah! — O grupo se calou. Era um som tão antigo, um pouco desafinado, mas seu eco pairava profundamente no ar. Após um instante, soou de novo. Parecia que o sino estava sendo tocado bem perto deles.

---

7. Utensílio raso, parecido com um pires, usado para beber saquê.
8. Literalmente significa "sala de tatames", mas, neste caso, refere-se a banquetes ou recepções em que as *maiko* atendem.
9. Faixas que prendem o quimono. São feitas de tecido rígido e ricamente decoradas.

— Acho que nos aproximamos demais. Quando comentei que queria ouvir as badaladas do Templo Chion'in, uma pessoa me apresentou esta casa, mas teria sido melhor termos nos afastado um pouco e ido para a área das margens do rio Kamogawa — disse Otoko para Oki e sua aluna.

Ele abriu a porta corrediça e viu um campanário além do pequeno jardim da sala.

— Está logo ali. Dá para ver o sino — observou.

— Estamos muito perto mesmo — disse Otoko novamente.

— Não, está tudo bem. É bom poder ouvir de perto o sino que acompanho todos os anos pelo rádio — comentou Oki, mas realmente faltava certa elegância à cena.

Na frente do campanário, moviam-se sombras de pessoas. Ele fechou a porta e voltou para o aquecedor. Prestou atenção às badaladas que ressoavam e, como era de se esperar de um famoso sino antigo, parecia que brotava dali a força oculta de um mundo distante.

Depois de sair do estabelecimento, o grupo foi ao santuário Yasaka para a cerimônia do Okera-Mairi, que consistia em queimar a ponta de uma corda e nela manter uma chama. Muitas pessoas levavam a corda para casa. Era um costume antigo acender o fogo com essa chama para cozinhar o *ozoni*.[10]

---

10. Sopa preparada com mochi (bolinhos de arroz glutinoso); é um dos pratos consumidos no Ano-Novo japonês.

Início da primavera

Oki se encontrava no alto da colina tomada pelo crepúsculo púrpura. Havia saído para caminhar após ficar sentado em sua escrivaninha, desde uma e meia da tarde, terminando o capítulo de seu folhetim para a edição vespertina do jornal. Morava nos arredores ao norte das colinas de Kamakura, e o brilho se espalhava alto pelo céu a oeste. O tom era denso, a névoa adquiria contornos de nuvens magras. Um entardecer assim purpúreo era incomum, havia uma sutil gradação cromática do escuro ao claro, como se um largo pincel deslizasse sobre um folha úmida de papel-arroz. A suavidade da cor prenunciava a chegada da primavera. Em uma parcela do céu, a bruma detinha nuances de rosa, assinalando o sol poente.

Oki rememorou a volta de Kyoto no dia 1º, após as cento e oito badaladas de Ano-Novo. Os trilhos reluziam em tons carmesins, iluminados pelos raios solares do distante entardecer. De um dos lados havia o mar. Em uma curva, a sombra da montanha cobriu o caminho e toda cor desapareceu. Ao entrarem no desfiladeiro, fez-se noite. O reflexo carmim dos trilhos fizera Oki recordar os momentos passados com Otoko. Mesmo que tivesse evitado ficarem a sós, o simples fato de trazer não apenas sua aluna Keiko Sakami, mas também duas *maiko,* fez com que ele acreditasse que ela ainda o mantinha vivo em seu âmago. Quando andavam pela Quarta avenida em meio à multidão, na volta do santuário de Gion, alguns jovens bêbados se aproximaram, tentando tocar o penteado das *maiko.* Tal comportamento era raro de se ver em Kyoto. Oki passou a caminhar ao lado para protegê-las; Otoko e a aluna seguiam alguns passos atrás.

Na tarde do dia 1º, prestes a embarcar no trem, Oki se sentia inquieto. Não podia almejar uma despedida, mas se indagava se Otoko viria à estação. Sua aluna, Keiko Sakami, foi quem apareceu.

— Feliz Ano-Novo! A mestra deveria vir para se despedir, mas, sendo o primeiro dia do ano, teve compromissos sociais pela manhã e, à tarde, receberá visitas no ateliê; por isso venho em seu lugar.

— Ah, é muita gentileza sua — respondeu Oki. A beleza da jovem atraía a atenção dos poucos passageiros na plataforma. — Você foi me buscar no hotel no último dia do ano e agora, no Ano-Novo, veio se despedir. Acabei lhe causando incômodo, não?

— De maneira alguma.

Keiko vestia o mesmo quimono do dia anterior: de cetim em tons de azul, estampado com tarambolas em meio a flocos de neve dispersos. Apesar da animosa cor desses pequenos pássaros, o traje era um pouco sombrio para ser usado por uma jovem em um dia festivo.

— Muito bonito o seu quimono. Foi pintado pela senhorita Ueno? — perguntou Oki.

— Não. Eu mesma o pintei, mas não ficou como imaginava. — Keiko enrubesceu e a sobriedade do quimono realçou ainda mais a perturbadora beleza de seu rosto. Havia uma certa jovialidade na harmonia decorativa das cores e variadas formas das tarambolas; até mesmo os esparsos flocos de neve pareciam dançar.

Como presente de Otoko, a jovem lhe entregou doces e conservas de vegetais de inverno, especialidades de Kyoto.

— Para o senhor degustar durante a viagem.

Até o trem partir da plataforma, Keiko permaneceu ali, por alguns minutos, próximo à janela. Vista assim emoldurada, ocorreu a Oki que a jovem pudesse estar no apogeu de sua beleza. Ele não havia presenciado o pleno desabrochar de Otoko; quando se separaram, tinha só dezessete anos. No reencontro de ontem, era uma mulher de quarenta.

Um pouco antes do horário do jantar, por volta das quatro e meia, Oki abriu o embrulho enviado por Otoko. Havia um sortimento de pratos típicos de Ano-Novo, além de delicados bolinhos de arroz, modelados à perfeição dos cuidados e sentimentos de uma mulher. Sem dúvida, a própria Otoko os havia preparado para ele, o homem que a ferira quando jovem. Ao experimentar nacos dos bolinhos, podia sentir o sabor do perdão em sua boca, na língua. Não, não se tratava de perdão, mas amor. Aquele que ainda vivia em seu âmago. Tudo que sabia dela dos anos em Kyoto era que constituíra uma trajetória própria como pintora. Talvez tenha havido outros amores, aventuras. No entanto, considerava que o sentimento que ela ainda nutria por ele era o desesperado amor de uma garota. Ele mesmo tivera outras mulheres depois. Mas não amou nenhuma com dor tão profunda.

— O arroz é delicioso. De onde será? Talvez de Kansai...[1] — murmurou, enquanto saboreava os bolinhos. Nem salgado nem suave demais, o tempero estava na medida exata.

Aos dezessete anos, cerca de dois meses após o parto prematuro e a tentativa de suicídio, Otoko fora internada na ala psiquiátrica de um hospital, em um quarto de janelas gradeadas. Apesar de a mãe avisar a Oki, proibiu-o de vê-la:

— O senhor poderia vê-la do corredor, mas prefiro que evite — disse a mãe. — Não gostaria que o senhor a visse no estado em que se encontra. E se ela o vir, perturbará seu repouso.

— A senhora acredita que ela me reconheceria?

---

1. Área que abrange as províncias de Hyogo, Kyoto, Mie, Nara, Osaka, Shiga e Wakayama.

— Mas é evidente que sim. Afinal, está assim por causa do senhor.

Ele permaneceu em silêncio.

— Parece que ela não perdeu a razão. O médico disse para não me preocupar, sua estadia será temporária. Mas a pobre repete esse gesto com frequência. — E fez como uma mãe que embala o filho nos braços. — Ela quer seu bebê! Como não ter pena?

Passados três meses, Otoko teve alta. Sua mãe se encontrou com Oki:

— Sei que o senhor tem esposa e filho. Creio que minha filha também sabia disso desde o princípio. Talvez ache que sou louca por, na minha idade, fazer um pedido como este, mas... — A mãe tremia — O senhor não poderia se casar com Otoko?

Permaneceu de cabeça baixa, com lágrimas nos olhos e os dentes cerrados.

— Tenho pensado nisso — respondeu Oki, com pesar. Por vezes a situação em casa vinha sendo tempestuosa. A esposa, Fumiko, tinha à época vinte e quatro anos. — Pensei muitas e muitas vezes.

— Se preferir, o senhor pode ignorar o que acabei de dizer, acreditando que, como minha filha, desatino. Não voltarei a lhe fazer tal pedido. Mas também não digo que precise ser de imediato. Ela poderia esperar por alguns anos, por até mesmo cinco, sete — e esperará, não importa o que eu lhe diga. Ainda só tem dezessete anos...

Ocorreu a Oki que havia sido herdado da mãe o forte temperamento de Otoko.

Não havia se passado nem um ano quando a mãe vendeu a casa em Tóquio e se mudou com a filha para Kyoto. Otoko foi transferida para um colégio de meninas, onde perdeu um ano. Depois de se formar, matriculou-se em uma escola de artes.

Mais de vinte anos haviam se passado até ouvirem juntos as badaladas de Ano-Novo do Templo Chion'in e ela lhe enviar a refeição para a viagem de volta para Tóquio. Os bolinhos de arroz, bem como os *osechi*[2] de Ano-Novo, pareciam ter sido preparados segundo a antiga tradição de Kyoto, concluiu Oki, observando pequenos pedaços entre os hashis antes de levá-los à boca. No Hotel Miyako, serviram uma tigela de *ozoni* no café da manhã por mera formalidade, mas o autêntico sabor de Ano-Novo se achava nessas iguarias. Já em sua casa em Kamakura, os pratos servidos no Ano-Novo seriam ocidentalizados, como nas fotos coloridas de revistas femininas.

Segundo sua aluna, Otoko possuía "compromissos sociais" no primeiro dia do ano devido a sua posição, mas por certo poderia ter escapado por dez ou quinze minutos para ir à estação. Como nas badaladas do sino, de novo havia

---

2. *Osechi* é uma variedade de pratos preparados especificamente para o Ano-Novo; cada ingrediente tem um significado: fortuna, longevidade e saúde para o ano que se inicia. Alguns ingredientes podem variar conforme a região do país.

evitado que ficassem a sós, enviando Keiko para se despedir em seu lugar. Ainda que na noite anterior, na presença da aluna e das *maiko*, ele tenha sido incapaz de fazer qualquer alusão, percebeu o vínculo emocional criado pelo passado em comum. Com essa refeição ocorria agora o mesmo.

Quando o semiexpresso começou a se mover na estação, Oki bateu de leve a mão na janela, mas ao notar que Keiko não o escutava, abriu um pouco o vidro e disse:

— Obrigado por sua companhia também hoje. A casa de seus pais fica em Tóquio, não? Quando for vê-los, aproveite a ocasião para me visitar. Kamakura é pequena; se indagar na vizinhança da estação, logo saberá onde moro. Traga-me uma ou duas de suas pinturas abstratas, das que, de tão passionais, chegam a assustar a senhorita Ueno.

— Ah, que constrangedor! Como mestra Ueno pôde dizer aquilo... — Por um instante, os olhos de Keiko irradiaram um brilho singular.

— Mas ela não admitiu até uma certa inveja por seu arrebatamento ao pintar?

A permanência do trem foi breve, bem como a conversa entre eles.

Embora o próprio Oki utilizasse elementos de fantasia em seus romances, nunca havia escrito algo abstrato. Se afastadas da realidade cotidiana, as palavras e letras podiam adquirir um caráter abstrato ou simbólico, mas havia se esforçado para suprimir tal tendência em sua escrita, tanto por falta de apreço quanto de inclinação. Tinha gosto pela poesia simbolista francesa, e também por *Shinkokin*[3] e haikai, entre outros gêneros, porém, desde cedo, havia aprendido a utilizar a linguagem abstrata e simbólica para cultivar um modo de expressão concreto e realista. Não obstante, acreditava que o aprofundamento dessa expressividade levaria a uma qualidade simbólica.

Mas qual seria, por exemplo, a relação entre a Otoko de seu romance e a Otoko real? Difícil dizer.

De todos os seus romances, aquele de mais sucesso e que ainda alcançava vasto público era o que narrava o relacionamento amoroso com Otoko Ueno, então com dezesseis para dezessete anos. Sua publicação atingiu a reputação da jovem ao instigar a curiosidade de muitos e certamente prejudicou suas chances de se casar. Mesmo agora, passados mais de vinte anos, por que a protagonista continuava a seduzir muitos leitores?

Talvez fosse correto dizer que a Otoko do romance, mais do que a garota real que a inspirou, conquistara a afeição do público. O livro não era a verdadeira história, mas algo que Oki havia escrito, uma personagem idealizada por acréscimos de imaginação e ficcionalização. E isso posto, quem saberia dizer qual delas era a autêntica Otoko, aquela descrita por Oki ou a que ela mesma poderia ter criado se narrasse sua história?

---

3. *Shin Kokin Wakashu*, mais conhecido como *Shinkokin*, é uma antologia imperial de poemas, datada de 1205, encomendada pelo imperador Go Toba.

Ainda assim, a jovem do romance era Otoko. Se Oki não tivesse se apaixonado, o livro não existiria. Era por causa dela que continuava a ser lido, duas décadas depois. Foi preciso conhecê-la para que vivesse tal amor. Aos trinta anos, um encontro como esse poderia ser considerado sorte ou fatalidade, ele mesmo não saberia dizer. Mas por certo havia lhe proporcionado uma feliz estreia como escritor.

Escolheu um título comum e pouco elaborado: *Uma garota de dezesseis anos*. Mas era preciso considerar que, à época, era escandaloso que uma estudante adolescente tivesse um amante, desse à luz um bebê prematuro e, além disso, perdesse temporariamente a razão. Oki, no entanto, não via dessa forma. Claro que não havia escrito com o intuito de escandalizar, tampouco considerava Otoko anormal. Como o direto título indicava, o autor havia sido franco ao retratar uma jovem pura e impetuosa, empenhado em revelar a impressão causada pelo rosto, aparência e seu jeito de ser. É por despejar ali o amor, em todo seu frescor e jovialidade, que *Uma garota de dezesseis anos* seguia tão bem-sucedido. Era a trágica história de amor de uma adolescente e um homem jovem, casado e com um filho, em que a beleza é exaltada a ponto de não poder ser atingida por qualquer aspecto moral.

Na época em que tinham seus encontros secretos, Otoko certa vez o surpreendeu ao dizer:

— Você sempre se preocupa com o que os outros pensam a seu respeito, não? Acho que deveria ser mais ousado.

— Eu achava que era o suficiente. Mas não sou nem mesmo agora?

— Não, não me refiro a nós.

Ele se manteve em silêncio.

— É em tudo. Deveria ser mais você mesmo.

Oki refletiu, sem saber o que responder. Passado muito tempo, não esquecera o que ela havia dito. Sentiu que era por amá-lo que essa garota de dezesseis anos podia assim desnudar seu caráter, sua vida. Com frequência, havia sido indulgente consigo mesmo, mas depois de terem se separado, sempre que se preocupava com a opinião alheia, as palavras dela voltavam-lhe à mente.

Por um instante, ele parou de acariciá-la. Acreditando que teria sido por causa do que havia dito, Otoko apoiou o rosto sobre o braço dele. Calada, começou a mordiscá-lo, do lado de dentro do cotovelo, cada vez mais forte. Oki suportou a dor e não se moveu. Podia sentir as lágrimas dela molhando o seu braço.

— Você está me machucando — disse ele, agarrando-a pelos cabelos e a afastando. Saía sangue da marca de dentes deixada em seu braço. Otoko lambeu-lhe a ferida e disse:

— Me morda também.

Oki examinou aquele braço, ainda de menina. Percorreu-o todo com sua mão, desde a ponta dos dedos até o ombro. Beijou-o e Otoko se contorceu de prazer.

Não foi por ela ter dito "Deveria ser mais você mesmo", mas se lembrou das palavras ao escrever *Uma garota de dezesseis anos,* publicado dois anos após a separação. A mãe já havia se mudado com Otoko para Kyoto, depois de ficar sem resposta quanto ao pedido para que Oki se casasse com a jovem, mesmo sabendo que tinha mulher e filho. Era provável que não conseguisse mais suportar o sofrimento e a tristeza da filha única. Mas como teriam reagido ao romance cuja protagonista se baseava em Otoko, uma estreia tão bem-sucedida, com um público leitor cada vez maior?

Ninguém jamais havia questionado sobre a modelo para a obra daquele jovem autor. Quando alguém investigou e descobriu sobre a inspiração para a personagem, Oki era um escritor consagrado, com mais de cinquenta anos. A mãe de Otoko já havia morrido, e ela mesmo, Otoko, já havia se tornado uma reconhecida pintora em Kyoto. Fotos dela chegaram a ser publicadas em revistas como sendo a protagonista de *Uma garota de dezesseis anos*. Ele supôs que as imagens teriam sido utilizadas nas matérias sobre o livro sem o consentimento dela. Nunca havia emitido qualquer opinião em jornais ou revistas sobre o fato de ser a protagonista e, mesmo quando o romance surgiu, Oki não soubera dela ou da mãe.

Houve transtornos na família de Oki, como era de se esperar. Fumiko, sua esposa, tinha sido datilógrafa em uma agência de notícias e, já antes do casamento, havia assumido a tarefa de passar a limpo os manuscritos do noivo. Continuou como uma espécie de brincadeira ou jogo amoroso entre os recém-casados, mas não se reduzia a isso. Quando viu seu trabalho publicado pela primeira vez em uma revista, Oki se surpreendeu com a diferença de efeito entre o manuscrito à caneta e os pequenos caracteres da versão impressa. À medida que adquiriu mais experiência, passou a antecipar o efeito de suas palavras na página. Não que escrevesse tendo isso em mente, nunca fora sua preocupação, mas a distinção entre as versões havia desaparecido. Aprendeu a escrever à mão o texto para ser lido impresso. Os trechos tediosos ou sem interesse no manuscrito pareciam perfeitamente acabados quando impressos. Talvez, afinal, tivesse aprendido seu ofício. Costumava dizer aos escritores iniciantes:

— Publique um texto seu pelo menos uma vez, nem que seja em uma revista independente. É muito diferente do manuscrito, vai ficar surpreso com o que irá aprender.

Seus livros eram impressos com pequenos tipos gráficos, mas Oki havia tido também a experiência inversa. Por exemplo, tinha lido a edição de bolso de *Genji Monogatari*[4] e o impacto foi completamente distinto diante da edição xilografada, com os comentários e fontes detalhadas de *Kogetsusho*[5], de Kitamura Kigin.[6] Como teria sido então,

---

4. Obra atribuída a Murasaki Shikibu, dama da corte Heian, e escrita no começo do século XI.
5. Obra com comentários sobre *Genji Monogataru*, de 1673.
6. Poeta (1624-1705) e mestre de Matsuo Bashô, escreveu comentários sobre várias obras literárias japonesas.

na corte Heian, ler os *kana*[7], na esplêndida caligrafia a pincel? *Genji Monogatari* é hoje um clássico milenar, mas na época se tratava de uma obra contemporânea. Por mais que avancem os estudos a seu respeito, jamais poderá ser lido como antigamente. Ainda assim, a versão xilografada proporciona um prazer muito mais intenso se comparado à moderna. Decerto que os poemas da coletânea imperial *Kokin Wakashu*[8], da cópia *Koyagire*[9], devem transmitir a mesma sensação. Oki havia se esforçado para ler as edições fac-símiles de Saikaku[10], da era Genroku.[11] Não se tratava de mero passatempo nostálgico, mas necessidade de se aproximar ao máximo da autenticidade das obras. Ler fac-símiles de autores contemporâneos seria refinamento demais, se haviam escrito para serem lidos na forma impressa e não na enfadonha caligrafia de cada um.

Na época de seu casamento com Fumiko, Oki não percebia mais uma lacuna entre seus manuscritos e a versão impressa; mas, sendo ela datilógrafa, ele sempre lhe solicitava que os transcrevesse. O texto datilografado se aproximava

---

7. Alfabeto fonético utilizado na língua japonesa.
8. *Kokin Wakashu*, mais conhecida como *Kokinshu*, foi a primeira antologia imperial de poemas, datada de 913-4 e encomendada pelo imperador Daigo.
9. Mais antiga cópia existente da obra poética, datada de meados do século XI.
10. Ihara Saikaku (1642-93) escritor e poeta japonês.
11. Período de reinado do imperador Higashiyama, compreendendo de 1688 a 1704.

mais da imagem impressa do que o manuscrito à caneta. Era também uma experiência, pois sabia que os romances ocidentais eram escritos diretamente na máquina ou datilografados depois. Quem sabe por não estar acostumado, seus livros datilografados lhe pareciam mais frios e inexpressivos se comparados à versão manuscrita ou à impressa final. No entanto, conseguia identificar com clareza as falhas do texto, sendo mais fácil efetuar correções, fazendo assim que todos os manuscritos passassem por Fumiko.

E aí residia o problema em terminar *Uma garota de dezesseis anos*. Pedir para a esposa datilografar o livro iria lhe provocar sofrimento e humilhação. Estaria sendo cruel. Quando Oki conheceu Otoko, Fumiko tinha vinte e três anos e acabado de dar à luz um menino. Evidente que percebera o envolvimento amoroso do marido e, por vezes, vagava sem rumo à noite, ao longo dos trilhos do trem, levando o bebê nas costas. Em certa ocasião, mesmo voltando depois de algumas horas, ela não entrou em casa e permaneceu encostada na velha ameixeira do jardim. Ao sair para procurá-la, ele ouviu seu choro quando chegou junto ao portão.

— Mas o que você está fazendo aí? O bebê vai se resfriar!

Eram meados de março, fazia frio. O bebê realmente ficou doente e foi internado com sinais de pneumonia. Fumiko permaneceu com o filho no hospital.

— Será conveniente se esta criança morrer, ficará mais fácil para você me deixar — disse a esposa. Mesmo com essa delicada situação, Oki aproveitou a ausência de sua mulher para se encontrar com Otoko. O bebê se salvou.

No ano seguinte, quando Otoko teve o parto prematuro, Fumiko o soube ao encontrar a carta enviada pela mãe ainda do hospital. Que uma garota tão jovem desse à luz não era surpreendente, mas era algo que ela jamais havia imaginado, sequer sonhado. Enfurecida por tudo que seu marido fizera uma menina passar, começou a insultá-lo, mordendo a língua até sangrar. Oki enfiou a mão para forçá-la a abrir a boca, ao ver o sangue escorrer dos lábios. Sufocando e nauseada, ela afinal esmoreceu. Quando ele retirou a mão, seus dedos sangravam, feridos. A esposa então se acalmou um pouco e se pôs a lavar, medicar e lhe enfaixar a mão.

Fumiko sabia assim que Otoko rompera com Oki e se mudara para Kyoto com a mãe ainda antes do término de *Uma garota de dezesseis anos*. Pedir para a esposa datilografar o manuscrito seria jogar sal na ferida do ciúme e do tormento, porém, se a afastasse, seria como esconder algo. Sem saber o que fazer, decidiu por lhe entregar os originais. Era uma forma de confessar tudo. Antes de começar o trabalho, Fumiko precisava ler do início ao fim, e foi o que fez.

— Devia ter deixado você partir. Por que será que não consegui? — disse, empalidecendo. — Todos os que lerem essa história terão simpatia por Otoko.

— Não queria escrever sobre você.

— Sei que não posso ser comparada à sua mulher ideal.
— Não foi isso que eu quis dizer.
— Eu me sinto tomada por um ciúme insano.
— Otoko se foi. Será com você, Fumiko, que viverei por muito, muito tempo. E grande parte dessa história é pura ficção, diferente da Otoko real. Por exemplo, não sei absolutamente nada sobre o período em que ela permaneceu internada.
— Essa ficção é o seu amor.
— Não poderia ter escrito o livro sem ele — disse Oki com franqueza. — Vai datilografar também esse texto para mim? É custoso pedir isso...
— Vou. A máquina de escrever é o instrumento que fará o trabalho. E eu serei parte do instrumento.

Apesar do que havia dito, a esposa não podia funcionar de maneira mecânica. Cometia erros com frequência, e Oki ouviu muitas vezes o som de papel sendo rasgado. Havia momentos em que ela parava de datilografar e chorava baixinho. Sendo a casa pequena, a máquina de escrever ficava em um canto da reduzida sala de quatro tatames, ao lado do aposento simples de seis tatames que Oki utilizava como local de trabalho. Sentado em sua escrivaninha e ciente da presença dela, era difícil se manter calmo.

No entanto, a esposa não disse uma palavra mais sobre *Uma garota de dezesseis anos*. Talvez porque uma "máquina" não pudesse falar. O romance tinha cerca de 350 páginas e, embora fosse uma datilógrafa experiente, levou vários dias para concluir a tarefa. Seu rosto se tornara pálido e encovado. Por vezes, os olhos se enevoavam, mirando o vazio e, de súbito, passava a datilografar com furor, como se possuída. Em certa ocasião, antes do jantar, expeliu um líquido amarelado e caiu sobre a mesa. Oki acorreu e lhe afagou as costas.

Ainda arfando, Fumiko pediu água. Lágrimas escorriam dos olhos vermelhos.

— Sinto muito. Não devia ter lhe pedido para datilografar esse romance — disse Oki. — Mas se o tivesse afastado de você...

Apesar de insuficiente para arruinar o casamento, havia entre eles uma ferida de demorada cicatrização.

— Não, pelo contrário. Fico grata que tenha me pedido, mesmo que esteja sendo tão árduo. — Esforçou-se num tênue sorriso. — É a primeira vez que trabalho por tanto tempo, estou realmente exausta.

— Quanto mais longo for, mais prolongada sua aflição. Talvez seja o destino da esposa de um escritor.

— Com este livro, pude compreender bem esta moça chamada Otoko. A despeito da imensa dor que me causou, sinto que conhecê-la foi bom para você.

— Já disse que essa é uma Otoko idealizada.

— Eu sei. Não existem moças como ela na vida real. Mas eu teria gostado se tivesse escrito mais sobre mim. Não iria me importar se me retratasse como a megera terrível, ensandecida de ciúmes como um demônio Yasha.[12]

Oki hesitou.

— Você nunca foi assim.

— Você não sabia o que se passava dentro de mim.

— Não queria expor os nossos segredos de família.

— Mentira. Estava tão fascinado por Otoko que só queria escrever sobre ela! Talvez você acreditasse que eu acabaria por macular sua beleza, degradar sua obra. Mas um romance precisa ser algo exclusivamente belo?

A relutância em escrever sobre seu feroz ciúme serviu apenas para lhe provocar uma nova crise. Não que o tivesse omitido por completo, mas ao optar pela concisão, talvez tenha acabado por intensificá-lo. A frustração da esposa, no entanto, parecia se dever ao fato de não aparecer em detalhes. Para Oki, esse estado de ânimo era incompreensível. Teria se sentido desimportante ou mesmo ignorada? Como o romance narrava a trágica ligação amorosa com Otoko, era inevitável que Fumiko ocupasse um papel menor. Se a mágoa dela era causada por ter escrito tão pouco a seu respeito, o temor dele era que a esposa descobrisse no livro diversos acontecimentos reais que lhe ocultara.

— Não quis utilizar seu ciúme dessa maneira — disse Oki.

---

12. Do sânscrito *Yaksa*. Divindade com expressão demoníaca, protetora da Lei de Buda e do mundo.

— Porque você não consegue escrever sobre alguém por quem não sente amor... sequer ódio. Enquanto transcrevo seu manuscrito, fico me indagando por que não o deixei partir.

— De novo, essas bobagens.

— Estou falando sério. Foi um crime inaceitável de minha parte não ter deixado você ir. Talvez eu me arrependa até o fim da minha vida.

— O que está dizendo? — Oki a agarrou pelos ombros e sacudiu. Ela estremeceu e, num espasmo, voltou a expelir um líquido amarelado. Ele a soltou.

— Está tudo bem. Talvez seja... enjoo matinal — disse ela.

— O quê?!

Estava atônito. Ela cobriu o rosto com as mãos e chorou alto.

— Então você precisa se cuidar. Deve parar de datilografar o manuscrito.

— Não, eu quero continuar. Não falta muito, e o esforço é apenas dos meus dedos. Deixe-me prosseguir, por favor.

Fumiko se recusou a lhe dar ouvidos. Cinco ou seis dias depois de terminar, sofreu um aborto. Mais do que o esforço físico sobre a máquina de escrever, o conteúdo do romance havia lhe provocado um choque emocional. Permaneceu acamada, em repouso, por alguns dias. Seus cabelos, antes fartos e macios, ajeitados em tranças, pareciam ter afinado um pouco. A pele do rosto pálido, sem maquiagem, continuava suave; nos lábios, só um batom de cor leve. Mas. sendo jovem, não teve decorrências e se recuperou bem do aborto.

Oki manteve o manuscrito de *Uma garota de dezesseis anos* guardado em seus arquivos. Não o rasgou nem queimou, mas também não quis revisá-lo. Duas vidas haviam sido tomadas pela sombra desse romance. O parto prematuro de Otoko e o aborto de Fumiko não teriam sido um mau presságio? Por algum tempo, o casal evitou mencionar o livro. A esposa foi quem primeiro tocou no assunto:

— Por que não publica? Tem medo de me magoar? É inevitável que isso aconteça com quem se casa com um escritor. Mas se você teme por alguém, evidente que é por Otoko.

O período de recuperação havia devolvido brilho e beleza à pele da esposa. Seria o mistério da juventude? Até mesmo o desejo pelo marido havia retornado mais agudo. E quando *Uma garota de dezesseis anos* foi publicado, ela estava de novo grávida.

A crítica elogiou o romance. E mais importante: muitos leitores o apreciaram. Fumiko mal havia deixado para trás os ciúmes e a dor, mas não demonstrava nada além de seu contentamento pelo êxito do marido. E foi esse livro, considerado o mais representativo de sua fase inicial, que continuou a vender mais do que todos os outros. O sucesso foi usufruído pela família de Oki: para a esposa, convertido em roupas e joias; para os filhos, recursos para as despesas escolares. Teria esquecido de que isso tudo se devia a uma jovem e à ilícita relação amorosa de seu marido com ela? Teria aceitado esse dinheiro como uma fonte normal de renda? Ao menos para Fumiko, teria o amor de Oki e Otoko se desvestido de seu caráter trágico?

Mesmo sem claramente manifestar qualquer opinião, Oki por vezes pensava que Otoko, a inspiração para a protagonista, não recebera qualquer retribuição. Mãe e filha nunca haviam protestado ou se manifestado a respeito disso. Diferente do pintor ou escultor realista, o escritor podia fazer uso de imaginação e invenção para adentrar pensamentos, redesenhar as linhas de um rosto. Mas pouco importava quão idealizada sua personagem fosse, seria ainda Otoko. Compelido a expressar sua intempestiva paixão, ele não havia refletido sobre a possível repercussão e futuros transtornos para uma jovem solteira. Talvez tenha sido esse o atrativo para os leitores, mas também, por outro lado, um impedimento para que se casasse.

O livro havia trazido dinheiro e fama a Oki. Os ciúmes da esposa se apaziguaram e a ferida, ao menos na aparência, cicatrizou. O parto prematuro de Otoko, de quem fora obrigado a se separar, e o aborto de Fumiko, com quem permanecia casado, haviam se tornado perdas distintas. Depois da normal convalescença, a esposa engravidou e, no devido tempo, deu à luz uma menina. Com o passar dos meses e anos, a única que continuava a ser como antes era a jovem protagonista das páginas de seu romance. De um ponto de vista pessoal e ordinário, foi bom não ter realçado o ensandecido ciúme da mulher. Apesar de poder constituir uma debilidade literária, também permitiu que a leitura se tornasse mais afável, e sua personagem, tão estimada.

Hoje, mais de duas décadas depois, *Uma garota de dezesseis anos* era a obra mais representativa de Oki. Essa avaliação lhe causava angústia e depressão ao se perceber como um escritor medíocre.

— Não é bem assim — dizia para si mesmo. Mas precisava reconhecer que o romance de fato exalava um frescor de juventude. O desconforto do autor era inócuo diante da irrefutável preferência do público, responsável por sua notoriedade. A obra havia se afastado de seu criador para adquirir vida própria. Mas o que teria acontecido com a verdadeira Otoko? Tinha apenas dezessete anos à época e tudo que sabia era que havia se mudado para Kyoto com a mãe. Parte de sua apreensão se devia justamente ao fato de a carreira do livro seguir assim, viva.

Foi nos últimos anos que o nome de Otoko despontou como pintora. Não haviam tido qualquer contato desde a separação, e ele imaginou que ela estivesse casada. Até desejava que isso fosse verdade, mas, devido ao temperamento, Oki não conseguia vê-la levando uma vida normal. Talvez esse raciocínio sinalizasse que seu sentimento por ela não tivesse de todo desaparecido.

Por isso, foi intenso o impacto quando soube que ela havia se tornado pintora.

Oki era incapaz de conceber o sofrimento ou os percalços que ela teria ultrapassado até alcançar esse posto, mas a notícia o encheu de satisfação. Quando se deparou ao acaso com um quadro dela em uma galeria de arte, seu coração bateu forte. Não era uma exposição individual, e havia apenas uma obra de sua autoria dentre os vários artistas. Uma peônia vermelha, pintada sobre seda. Voltada para o observador e em tamanho maior do que uma flor real, tinha poucas folhas e um único botão branco na lateral. Na peônia ampliada, Oki vislumbrou toda a altivez e dignidade de Otoko. De imediato adquiriu o quadro, mas por causa da assinatura da artista, optou por não levá-lo para casa e o doou para o clube de escritores do qual participava. A impressão que tivera na movimentada galeria se alterou um pouco, quando depois o viu pendurado um pouco mais alto na parede. Algo espectral parecia emanar dessa grande flor vermelha, uma profunda solidão. Foi nessa mesma época que, em uma revista feminina, viu a foto de Otoko em seu ateliê.

Por muitos anos Oki tinha cultivado o desejo de ir a Kyoto para as badaladas de Ano-Novo. A pintura lhe incutia o desejo de ouvir os sinos em companhia da artista.

O norte de Kamakura também era chamado de Yamanouchi — "Em meio às montanhas" —, havendo ali uma estrada florida entre as colinas. Em breve, a floração à margem do caminho anunciaria a primavera. Oki costumava passear por ali, no trajeto de norte a sul, de onde observava o pôr do sol. Demorou pouco para o crepúsculo perder sua tonalidade púrpura e mergulhar em um frio azul-escuro de sombras acinzentadas. Parecia até um retorno do inverno. Oki desceu a colina até o vale, a caminho de sua casa, ao norte.

— Uma jovem vinda de Kyoto, de sobrenome Sakami veio vê-lo — disse Fumiko. — Deixou dois quadros e, como presente, *namafu*[13], de Fuka.

— Mas ela já partiu?

— Taichiro a acompanhou até a estação. Talvez tenham ido procurar por você.

— É mesmo?

— A moça era tão bela quanto assustadora. Quem é? — A esposa manteve o olhar em Oki, buscando ler a expressão de seu rosto. Apesar de ter se esforçado para aparentar naturalidade, a intuição feminina dizia haver relação entre a jovem e Otoko Ueno.

— Onde estão os quadros? — perguntou Oki.

— No escritório. Ainda estão embrulhados, não os vi.

Keiko Sakami havia seguido a sugestão feita por Oki quando se despediram na estação de Kyoto e viera mesmo visitá-lo trazendo seus quadros. Oki foi direto ao escritório e desembrulhou as telas. De molduras simples, uma delas trazia uma ameixeira, sem tronco ou galhos, apenas uma flor, grande como o rosto de um bebê. Uma estranha

---

13. Massa de glúten de trigo e arroz cozido.

combinação de tons suaves e intensos cobria as pétalas vermelhas e brancas.

A forma dessa flor de ameixeira não era de todo distorcida, mas também não parecia ser decorativa. Mais como um insondável espectro oscilando, dava a impressão de realmente se mover. Talvez fosse um efeito criado pelo fundo que Oki, a princípio, acreditou serem densas camadas de gelo e, com mais apuro, reconheceu uma cordilheira nevada. Fosse gelo ou montanhas, não buscava uma reprodução realista, mas transmitir a sensação de imensidão. Evidente que montanhas reais não podiam deter bases tão estreitas e cortes assim agudos, o que constituía então o teor abstrato do estilo de Keiko. A cena poderia remeter a uma paisagem interior, imaginada; mas, supondo que fosse mesmo uma cadeia montanhosa, faltava-lhe a alvura da neve. Nesse arranjo do branco glacial com o vermelho incandescente, uma espécie de melodia se formava. A neve não era feita de um tom único, mas de uma gama que entoava em sintonia com as variações de vermelho e branco das pétalas da flor de ameixeira. Gélida, bem como ardente, a pintura exprimia a juventude e os sentimentos contrários da artista. Era bastante provável que Keiko tivesse pintado o quadro para Oki, de modo a coincidir com a estação do ano. Ele o considerou um tanto abstrato, mas ao menos se podia identificar a flor de ameixeira.

Observando a pintura, lembrou da velha árvore de seu jardim. Sempre aceitara a feiura e deformidades da ameixeira, sem questionar o vago conhecimento botânico do jardineiro ou pesquisar o assunto por conta própria. A árvore dava flores brancas e vermelhas, intercaladas em um mesmo galho, sem que nunca tenha sido feito nela nenhum enxerto. Mas nem todos os galhos eram assim, havia aqueles em que desabrochavam apenas flores brancas; em outros, somente vermelhas. Nos ramos menores é que despontavam flores de ambas as cores, não sendo, porém, os mesmos todos os anos. Oki amava essa velha ameixeira. Agora mesmo era tempo de suas flores começarem a abrir.

Sem dúvida, a pintura de Keiko simbolizava essa estranha árvore por meio de uma única flor. Otoko deve ter falado sobre ela. Apesar de nunca ter estado na casa de Oki, já então casado com Fumiko, a jovem certamente sabia sobre a velha árvore. Ainda que ele próprio tenha esquecido, Otoko devia lembrar e teria contado para a aluna. E talvez tenha desvelado sua antiga e lamentosa história de amor, impelida pela ameixeira.

— São de Otoko?

— Como? — Absorto na contemplação dos quadros, Oki não havia percebido a presença da esposa atrás dele.

— Estes quadros... são de Otoko, não?

— Não, claro que não. Ela não faria algo tão juvenil. São da moça que veio há pouco. Pode-se ver a assinatura: "Kei".

— Que pintura estranha — comentou a esposa, com o tom de voz um pouco ríspido.

— Sim, sem dúvida — Oki procurou responder de modo suave. — Jovens artistas também estão fazendo pintura em estilo tradicional.

— Isso é o que chamam de "abstracionismo"?

— Não, talvez não seja o termo adequado, mas...

— O outro quadro é ainda mais estranho. Não saberia dizer com o que se parece, se um peixe ou nuvens. As cores assim, espalhadas na tela, um pouco à maneira antiga. — Fumiko se sentou ao lado de Oki.

— Hum... Peixes e nuvens são bem distintos. Não me parece nem um nem outro.

— E então o que parece para você?

— Pouco importa.

Observou a pintura e se aproximou para verificar o verso da tela.

— Não tem título.

Nessa pintura não era possível reconhecer formas ou objetos e utilizava cores ainda mais intensas do que as da ameixeira. As muitas linhas horizontais deviam ter favorecido que a esposa buscasse ver peixes ou nuvens. À primeira vista, parecia não haver harmonia entre as cores, e era impetuosa demais para uma obra de técnica clássica. Mas nada ali era acidental ou aleatório, e o fato de não haver título tornava-a aberta à interpretação. Mas sob a aparência de ocultamento, talvez a subjetividade da artista estivesse sendo revelada. Oki procurava encontrar o cerne do quadro, quando a esposa o indagou:

— Qual a relação daquela moça com Otoko?
— É uma aluna — respondeu Oki.
— É mesmo? Então posso rasgar ou queimar estes quadros?
— O que está dizendo? Por que fazer algo tão violento?
— Os dois quadros retratam Otoko e foram pintados com paixão. Não é algo para ser colocado na minha casa.

Mesmo surpreendido diante da fugaz reação de ciúme, Oki procurou responder com serenidade:

— Como sabe que estes quadros retratam Otoko?
— E não retratam?
— Isso é imaginação sua, uma suspeita sem fundamento — disse Oki, sentindo uma chama acender no fundo do peito.

Se era evidente que o quadro da ameixeira simbolizava o amor de Otoko por Oki, o outro, sem título, o reiterava. Keiko havia empregado nele a técnica *tarashikomi*[14], com tinta concentrada e pigmentos minerais, desde o centro até a porção esquerda inferior da tela. Uma parte mais clara desse matiz, como uma singular janela, permitia vislumbrar o espírito da obra, ali à espreita. Talvez o detalhe fosse indício do amor de Otoko.

— Estes quadros não foram pintados por Otoko, mas por sua aluna.

---

14. Consiste em passar a tinta de uma cor por cima de outra, quando a primeira ainda não está seca, para obter um efeito colorido único.

Fumiko devia suspeitar que Oki estivera com ela para as badaladas de Ano-Novo. Como havia retornado no próprio dia 1º, acabaram não falando sobre a ida a Kyoto.

— Seja como for, estes quadros me causam repulsa — afirmou, franzindo o cenho. — Estas pinturas não ficarão aqui em casa.

— A despeito de querer ou não, os quadros pertencem à artista. Ela ainda é jovem, mas não se pode repudiá-los dessa maneira. E, afinal, você tem certeza de serem um presente ou se acaso ela quis apenas nos mostrar?

Ela calou por um momento.

— Foi Taichiro quem atendeu a moça... por isso a acompanhou até a estação. E já demora demais para o trajeto só até Kamakura...

O atraso aumentava sua irritação. A estação era próxima e os trens saíam a cada quinze minutos.

— Taichiro é quem será seduzido desta vez? A beleza da moça era invulgar, quem sabe se fatídica.

Oki tomou os dois quadros e começou a embrulhá-los devagar:

— Pare de falar em sedução. É uma palavra odiosa. Se a moça é tão bonita, os quadros devem então ser autorretratos, narcisismo de uma jovem...

— Não. Tenho certeza de que retratam Otoko.

— Bem, talvez retratem o amor entre elas.

— Amor homossexual?! — Fumiko fora pega de surpresa.

— Você acha que são lésbicas?

— Não sei. Mas não surpreenderia. Moram juntas em um templo antigo de Kyoto e ambas possuem um temperamento bastante passional.

Perplexa diante dessa possibilidade imprevista, a esposa permaneceu calada por um instante.

— Ainda que sejam lésbicas, creio que os quadros só asseguram que Otoko ainda ama você — falou em um tom mais brando.

Oki sentiu vergonha pela sugestão de um amor homossexual como forma de escapar da contrariedade.

— É provável que ambos estejamos equivocados. Vimos os quadros a partir de ideias preconcebidas.

— Se ela não pintasse quadros tão incompreensíveis...

— Hum... Pouco importa se a pintura é realista, a intenção e os sentimentos do artista estão ali incutidos.

Oki se conteve para evitar que a discussão com a esposa continuasse; acovardou-se. E talvez fosse acertada a primeira impressão de Fumiko diante dos quadros de Keiko, bem como a precipitada insinuação de homossexualidade que ele havia feito.

Fumiko saiu do escritório. Oki aguardou o retorno do filho.

Taichiro era professor do departamento de literatura japonesa em uma universidade particular. Nos dias em que não ministrava aulas, ia para a sala de estudos da universidade ou permanecia pesquisando em casa. Sua primeira escolha fora por literatura japonesa moderna e as obras produzidas depois da era Meiji[15], mas, diante da oposição do pai, Taichiro se dedicou à literatura dos períodos Kamakura e Muromachi.[16] Lia em inglês, francês e alemão, característica incomum para um pesquisador de literatura japonesa. Ainda que bastante qualificado, sua natureza era, mais do que plácida, melancólica. A personalidade de Kumiko, sua irmã mais nova, era o oposto: alegre e dispersa, entre muitas inclinações e habilidades, fosse costura, bijuteria, *ikebana*[17] ou até tricô. Ela tinha no irmão uma pessoa um pouco esquisita e deixara de convidá-lo para patinar ou jogar tênis, porque ele nunca a respondia. Taichiro não interagia com as amigas dela e nem apresentava os alunos que levava para casa. Apesar da face contrariada de Kumiko, eles não se ressentiam ao serem acolhidos de forma tão calorosa pela mãe.

— Quando Taichiro recebe visitas, é preciso servir apenas chá. Mas você, Kumiko, revira os armários, a geladeira e até encomenda sushi. Faz uma alvoroço terrível... — dizia--lhe a mãe.

De modo irreverente, Kumiko procurava se justificar:

---

15. Período que corresponde ao reinado do imperador Meiji (1868-1912).
16. O período Kamakura (1185-1333) foi marcado pelo governo militar (bakufu) e a ascensão dos guerreiros ao poder, com sede na cidade de Kamakura. O período Muromachi (1333 ou 1336 a 1568 ou 1574), controlado pelo clã Ashikaga, foi marcado por conflitos internos, mas também pelo desenvolvimento das artes, como o estilo arquitetônico *shoinzukuri*, o zen-budismo e o teatro Nô, por exemplo.
17. Arte japonesa de arranjos florais.

— Mas meu irmão só recebe a visita de alunos!

Ela se casou e mudou para Londres com o marido. Sem condições financeiras para viver sozinho, o irmão não podia pensar em casamento.

Oki observava a paisagem através da pequena janela do escritório, preocupado com a demora do filho. No sopé da colina havia um monte alto de terra, que fora escavada para a construção de um abrigo antiaéreo durante a guerra. Em meio ao mato crescido, despontavam florezinhas de um vívido e intenso azul. Após as *daphne odora*, essas eram as primeiras flores a desabrochar no jardim, permanecendo abertas por um longo período. Ainda que humildes demais para anunciar a primavera, Oki às vezes cogitava estender a mão para apanhar uma, ali, tão próxima da janela, a fim de observá-la com mais desvelo. Talvez por nunca ter cedido ao impulso, cada vez mais aumentava sua afeição por essas florezinhas azuis.

Pouco tempo depois, foi a vez de florirem os dentes-de-leão, estes também de vida também longeva. Mesmo agora, durante o crepúsculo, era possível distinguir o amarelo de uma, o azul da outra florada. Oki as contemplou longamente.

Taichiro ainda não havia voltado.

Festival da Lua Cheia

Otoko Ueno havia decidido assistir ao Festival da Lua Cheia, realizado no monte Kurama, acompanhada de sua aluna Keiko Sakami. A comemoração se dava sempre no mês de maio, em data de acordo com a lunação. Na noite anterior, a lua se alçara ao céu afável das Colinas do Leste.

— Parece que amanhã a lua estará deslumbrante. — Otoko comentou, observando o céu da varanda. No festival, os visitantes do templo bebem do *sakazuki* vendo a lua refletida na bebida. Se o céu estiver encoberto, perde-se todo o encanto.

Keiko surgiu na varanda e, delicada, pousou a mão nas costas de Otoko.

— A lua de maio — disse Otoko.

A aluna permaneceu quieta por alguns instantes, e então sugeriu:

— Mestra, o que acha de passearmos pelas colinas do leste ou seguirmos na direção de Otsu, para vermos o reflexo da lua no lago Biwa?

— A lua no lago Biwa? Mas o que haveria de especial nisso?

— Seria preferível ver a lua refletida em um *sakazuki* do que em um grande lago? — indagou Keiko, sentando-se aos seus pés. — Essa noite o jardim tem uma cor intrigante.

— Acha mesmo? — Otoko olhou para o jardim. — Keiko, por favor me traga uma almofada e apague as luzes.

Da varanda, o pavilhão principal do templo obstruía parte da paisagem, permitindo ver apenas o jardim interno. Era alongado e desprovido de arte. Entre a luz do luar e o mergulho nas sombras, as cores do caminho de pedras adquiriam nuances distintas. Azaleias brancas pareciam flutuar. As jovens folhas do bordo vermelho tinham sua cor furtada pela noite. Na primavera, os visitantes tomavam essas folhas por flores, a ponto de indagarem sobre sua espécie. Uma grossa camada de musgos *sugigoke*[1] cobria o jardim.

— Gostaria que eu lhe servisse um *shincha*?[2] — ofereceu Keiko, perguntando-se por que Otoko continuava a observar o jardim. Morando ali, estava habituada a vê-lo, dia e noite,

---

1. Nome científico: *Polytrichum juniperinum*. De *sugi* (pinheiro) e *koke* ou *goke* (musgo). Ganhou tal nome porque cada filoide se parece com um pinheiro.
2. Primeiro chá da colheita.

todos os dias, sem lhe dedicar especial atenção. De cabeça levemente inclinada, Otoko mantinha o olhar fixo na porção do jardim iluminada pelo luar, absorta em pensamentos.

Keiko retornou à varanda trazendo o chá:

— Mestra, li que a modelo da escultura *O beijo*, de Rodin, continua viva e completou oitenta anos. Tendo a escultura em mente, é algo difícil de imaginar, não?

— Acha mesmo? É por você ser jovem, Keiko. Acaso a modelo deveria morrer cedo por sua juventude ter sido imortalizada em uma obra-prima? Aquele que procurou essa modelo é que estava equivocado.

Otoko respondia assim por ser lembrada pelo romance de Toshio Oki, *Uma garota de dezesseis anos*. Talvez as palavras da aluna tenham sido sem retórica alguma, sobretudo considerando que a mestra era bela ainda aos quarenta. Sem se dar conta, Keiko continuou:

— Quando li sobre a modelo, pensei em pedir à senhora para fazer um retrato enquanto sou jovem.

— Sim, se eu for capaz... Mas e se você fizesse um autorretrato?

— Eu? Não creio que ficaria muito semelhante. Além disso, incorreria no risco de revelar aquilo que há de sórdido em meu íntimo e acabar repudiando o resultado. Se me pintasse de modo realista, as pessoas me tomariam por presunçosa.

— Mas gostaria de um retrato realista? Isso me causa estranhamento. Você é jovem demais, irá mudar de ideia.

— Quero que seja a senhora a me retratar.

— Se eu for capaz... — reiterou Otoko.

— Talvez seu amor tenha arrefecido, ou teria agora medo de mim? — A voz de Keiko soou afiada. — Um homem aceitaria o pedido com prazer. E se se tratasse de um nu...

— Ora, veja! — Otoko parecia pouco afetada pela provocação de Keiko. — Se diz isso, então posso arriscar.

— Ah, fico muito feliz.

— Mas não um nu. Não creio ser tão instigante quando uma mulher pinta um nu feminino. Pelo menos não por alguém como eu, de estilo tradicional.

— Se fizesse um autorretrato, eu pintaria nós duas juntas — disse Keiko, de maneira envolvente.

— E que tipo de composição faria?

Keiko sorriu, misteriosa:

— Não deve se preocupar... Se a senhora se incumbir do meu retrato, posso fazer de nós uma abstração, ninguém irá saber...

— Por que haveria de me preocupar? — disse Otoko sorvendo o aromático *shincha*.

O chá fora um presente recebido quando em visita a plantações na região de Uji para desenhar paisagens. Em lugar de jovens colhendo folhas, Otoko preferiu ocupar a tela com os arbustos sobrepostos, em fileiras ondulantes. Acompanhada de Keiko, esteve no local por dias, fazendo muitos esboços, buscando captar a variação das sombras dos arbustos ao longo do dia.

— Mestra, seus desenhos não seriam arte abstrata?
— Se você os fizesse, sim. Mas talvez seja ousado o bastante se eu utilizar apenas a cor verde e harmonizar o contraste entre a suave ondulação dos arbustos, o tom dos brotos e o das folhas mais velhas.

Com base nos diversos desenhos, Otoko fez um primeiro estudo em seu ateliê.

A ida de Otoko a Uji não tinha sido motivada apenas pelas linhas onduladas e intensos matizes do cultivo de chá. Quando ferida do amor por Toshio Oki, havia se mudado com a mãe e inúmeras foram as vezes que percorrera o trajeto entre Tóquio e Kyoto. Vistos da janela do trem, os campos de chá de Shizuoka ficaram impressos em sua memória. Por vezes, surgiam em pleno dia; em outras, durante o crepúsculo. Nessa época, não passava de uma estudante e sequer cogitava se tornar pintora, mas a visão das plantações intensificava a dor em seu peito causada pela separação. Não saberia dizer por que se sentia especialmente tocada logo pelo sóbrio plantio se, ao percorrer os trilhos da linha Tokaido, avistavam-se montanhas, o mar, lagos e até nuvens tingidas em cores dramáticas a depender da hora do dia. Poderia ser pelo verde-pálido e a sombra melancólica do cume dos arbustos ao entardecer. E além do mais, os campos haviam sido privados de sua natureza selvagem, mantidos com zelo; suas fileiras de arbustos arredondados e copas escuras se assemelhavam a um rebanho verde de ovelhas dóceis. Talvez fosse porque, desde a partida de Tóquio, a tristeza de Otoko atingia, à altura de Shizuoka, seu ápice.

Sem que sua aluna notasse, a mesma tristeza reemergiu ao ver os campos de chá em Uji, motivando Otoko a voltar e desenhá-los. No entanto, os brotos novos de primavera, de vívido tom, não detinham a melancolia que avistava pela janela da linha Tokaido e, de um modo tipicamente japonês, pareciam animosos.

Apesar de ter lido o romance e ouvido tudo sobre Oki durante as longas conversas que mantinham à noite, Keiko não havia percebido, nos esboços do plantio de chá, a tristeza da mestra pelo seu antigo amor. Pelo contrário, observava com satisfação a aparência abstrata dos estudos que, cada vez mais, diminuíam da cena original, acentuando as curvas dos arbustos, por exemplo. A própria Otoko passou a achar graça.

— A senhora está usando apenas a cor verde, não? — perguntou Keiko.

— Isso mesmo. Afinal, é um campo de chá na época da colheita. Irei usar variações e gradações de verde.

— Não sei se utilizo vermelho ou roxo, penso em outras possibilidades. Não me importo caso não se pareça mais com um campo de chá.

O estudo de Keiko foi posto junto ao da mestra.

— Esse *shincha* está excelente. Keiko, faça um pouco mais. Em estilo abstrato, por favor — brincou Otoko.

— Abstrato? E se eu o fizesse tão amargo que se tornasse intragável?

— Isso seria condizente com o estilo abstrato?

Um riso juvenil ecoou pelo ambiente.

— Keiko, quando recentemente você foi para Tóquio, passou por Kamakura, não? — perguntou Otoko, com voz firme.

— Sim.

— Por quê?

— No Ano-Novo, quando nos despedimos na estação de Kyoto, o senhor Oki disse que gostaria de ver meus quadros e pediu para levá-los.

Otoko permaneceu em silêncio.

— Mestra, quero vingá-la — disse Keiko, com um tom calmo e frio.

— Vingar? — Otoko se surpreendeu com as palavras inesperadas de sua aluna. — Quer dizer, por minha causa?

— Isso mesmo.

— Keiko, você... Venha, sente-se aqui. Vamos conversar sobre isso enquanto bebemos o *shincha* abstratamente amargo que você preparou.

Keiko se calou e sentou com seu chá em mãos. Seu joelho roçava de leve o de Otoko.

— Ah! Está mesmo muito amargo. — Otoko franziu o cenho.

— Quer que eu faça outro?

— Não, não precisa. — Otoko pôs a mão no joelho de Keiko, para demovê-la. — O que você quer dizer com vingança?

— A senhora acaso não sabe?

— Nunca desejei me vingar. Não lhe guardei rancor.

— É porque ainda o ama... Nunca deixará de amá-lo enquanto viver — concluiu Keiko, decidida. — Eu vou vingá-la.

— Mas com que propósito?

— Por ciúme.

— O quê?

Otoko pôs a mão no ombro da jovem, tenso e trêmulo.

— Mestra, não tenho razão? Eu sei que sim. É odioso.

— Mas que menina indômita — continuou Otoko, suave. — Para que se vingar, o que quer dizer com isso? O que você pretende fazer?

Keiko, cabisbaixa, continuou imóvel. O luar aos poucos tomava todo o jardim.

— Por que foi até Kamakura? E escondida de mim...

— Eu queria ver a família do senhor Oki, o culpado por sua tristeza.

— E então?

— Conversei apenas com o filho, Taichiro. Deve ser idêntico ao senhor Oki quando jovem. Após se formar na faculdade, parece que continuou os estudos, dedicando-se à literatura dos períodos Kamakura e Muromachi. Ele foi muito gentil e me levou para conhecer os templos Engaku-ji e Kencho-ji, bem como a ilha de Enoshima.

— Mas, tendo crescido em Tóquio, esses lugares não eram novos para você.

— Não, mas conhecia apenas de passagem. Enoshima está bastante mudada. Achei interessante a história que ele me contou sobre o templo do divórcio.[3]

— Sua vingança seria então seduzir Taichiro? Ou ser por ele seduzida? — Otoko retirou a mão pousada sobre o ombro de Keiko. — Se for assim, eu é que deveria sentir ciúmes.

— A senhora, com ciúmes? Eu ficaria feliz. — E se apoiou sobre Otoko, passando os braços ao redor de seu pescoço. — Eu poderia ser impiedosa ou até um demônio com qualquer pessoa, exceto com a senhora.

— Levou dois quadros para Kamakura, não? Os seus preferidos.

— Mesmo sendo má, no início, prefiro causar boa impressão. Depois de minha visita, Taichiro enviou uma carta dizendo que os quadros foram colocados em sua sala de estudos.

— É verdade? — disse Otoko, branda. — Essa é sua vingança em meu nome? O começo dela?

— Sim.

— Taichiro ainda era muito pequeno e não sabia nada sobre o que se passava entre mim e seu pai. O que mais me

---

3. Referência ao Templo Tokeiji, próximo à estação Kamakura. Era conhecido como "templo do divórcio" porque o local acolhia e mediava o divórcio de mulheres.

doeu foi saber do nascimento de Kumiko, a irmã mais nova, logo após minha separação de Oki. Mas, refletindo agora sobre isso, a vida é assim. Ela já deve ter se casado.

— Seria possível então destruir o casamento dela?

— Mas o que está dizendo, Keiko? Por mais bela e sedutora que seja, é muita presunção sua tratar tudo como um mero jogo leviano e inconsequente.

— Se a senhora estiver junto de mim, nada me assustará ou me fará duvidar. Mas se distante, o que me restaria? Talvez abandonasse não só a pintura, mas a vida...

— Pare de dizer coisas como essa.

— A senhora poderia ter destruído a família do senhor Oki, não?

— Eu era apenas uma estudante... e ele tinha um filho pequeno.

— Eu a teria destroçado.

— Você diz isso, mas a família é algo sólido.

— Mais do que a arte?

— Será?... — O rosto inclinado de Otoko deixou transparecer uma fugaz tristeza. — Na época, a arte sequer passava pela minha cabeça.

— Mestra. — Keiko endireitou o corpo e se aproximou, segurou o pulso de Otoko com delicadeza. — Por que a senhora pediu que eu fosse buscar o senhor Oki no hotel Miyako e depois me despedir dele na estação de Kyoto?

— Porque é jovem e bonita. Você é meu orgulho.

— Por favor, não desejo que esconda suas verdadeiras intenções nem mesmo de mim. Percebi o que se passou naqueles dias. Com meus olhos tomados de ciúme...

— É mesmo? — Otoko mirou-lhe os olhos, brilhantes à luz do luar. — Não escondo nada de você. Quando nos separamos, eu tinha dezessete anos. Hoje sou uma mulher de meia-idade cuja cintura começa a engrossar. A verdade é que não tinha vontade de estar com ele. Eu só iria decepcioná-lo.

— Decepcionar? Como assim? De modo algum isso deve ser dito. Eu admiro a senhora acima de qualquer um, e então quem me decepcionou foi o senhor Oki. Desde que me permitiu morar com a senhora, jovens rapazes me parecem enfadonhos, mas acreditei que o senhor Oki fosse um homem admirável. Quando o vi, foi uma absoluta desilusão. Pelas suas recordações, imaginei uma pessoa não menos que formidável.

— Você não tem como saber só de olhar para ele.

— Eu sei.

— Sabe?

— Não me pareceu difícil seduzir tanto o senhor Oki como seu filho Taichiro...

— O que você diz é assustador. — Otoko sentiu o peito apertar, empalideceu. — Tal insolência lhe é imprópria, Keiko.

— De modo algum — respondeu, mantendo-se imperturbável.

— É mesmo detestável — enfatizou Otoko. — Parece que você se acha uma mulher fatal. Sim, você é jovem e bela, mas...

— Talvez a maioria das mulheres seja...

— É disso que se trata? Foi com essa intenção que levou dois de seus quadros favoritos para o senhor Oki?

— Não. Não necessito de pinturas para seduzir alguém.

Otoko ficou estarrecida com a até então desconhecida convicção mostrada agora por Keiko.

— Sendo sua aluna, procurei escolher meus melhores trabalhos.

— Agradeço por isso. Mas, segundo seu relato, vocês não tinham trocado mais que algumas palavras na estação. Não haveria por que lhe oferecer seus quadros.

— Eu havia prometido. Além disso, eu não teria outro pretexto para visitar sua família e queria ver a expressão dele diante de meus quadros.

— Que bom que o senhor Oki não estava em casa.

— Acredito que tenha visto logo depois de voltar. Mas é provável que não tenha entendido.

— Talvez não.

— Como escritor, jamais conseguiu criar uma obra que superasse *Uma garota de dezesseis anos*, não?

— Você se engana. Por eu ter servido de modelo, você vê o livro com bons olhos, mas a protagonista é uma idealização, Keiko. Trata-se de um romance de juventude e por isso é tão apreciado por jovens. Acredito que seus trabalhos posteriores possam lhe parecer mais difíceis de compreender ou até desinteressantes.

— Se por acaso o senhor Oki falecesse hoje, seria lembrado por esse livro.

— Não seja desagradável. — O tom foi severo, e Otoko desvencilhou sua mão, afastando também seu joelho.

— É mesmo ainda tão apegada a ele? — perguntou Keiko, ríspida. — Apesar de eu lhe oferecer vingança...

— Não é apego.

— O que é então... Amor?

— Talvez seja.

Otoko se levantou e seguiu em direção ao quarto. Sozinha na varanda parcialmente iluminada pelo luar, Keiko cobriu o rosto com as mãos.

— Mestra, o sacrifício constitui também minha razão de viver — disse, com a voz trêmula. — Mas dedicá-lo a alguém como o senhor Oki...

— Deixe-me, por favor. Eu só tinha dezesseis anos.

— Irei me vingar pela senhora.

— Mesmo que se vingue, meu amor não acabará.

Otoko podia ouvir os soluços de Keiko, na varanda, curvada sobre si.

— Mestra, faça meu retrato... antes que eu me torne essa mulher fatal. Por favor. Para a senhora, posarei nua.

— Farei o retrato. Com prazer.

— Fico feliz.

Otoko havia feito muitos estudos de seu bebê prematuro e os mantinha guardados, sem mostrá-los para Keiko. Os anos haviam passado, mas ainda pretendia utilizá-los para uma obra com o título *Ascensão do recém-nascido*. Em álbuns de arte ocidental havia pesquisado imagens de querubins e do menino Jesus, cuja recorrente aparência roliça e saudável lhe pareceu por demais inapropriada à sua perda pessoal. Havia também algumas pinturas, antigas e muito conhecidas, de Kobo Daishi[4] quando menino, com sua refinada expressão comovida, típica dos japoneses, que tanto enternecia Otoko. No entanto, a criança não era recém-nascida nem a composição remetia à ascensão de Cristo. Porém, mais do que representar a cena cristã, buscava que a obra sugerisse uma inspiração divina. Quando afinal realizaria tal pintura?

Ao pedir que a retratasse, a aluna fez Otoko se lembrar de seus esboços para a *Ascensão*, há muito tempo esquecidos. Talvez pudesse fazer um clássico *Retrato da Virgem Santa*, mas adotando o estilo das pinturas de Kobo Daishi. A antiga iconografia se baseava em imagens de Buda, e algumas pinturas de inspiração religiosa possuíam de fato uma aura de indescritível fascínio.

— Keiko, vou fazer seu retrato e tive uma ideia para a composição. Quero pintá-la segundo a tradição budista,

---

4. Monge budista, também conhecido como Kukai (774-835), estudou na China sob o governo Tang, e voltou ao Japão, onde fundou a escola budista Shingon e construiu o Templo Koyasan.

por isso não deve se portar de modo inapropriado — disse Otoko.

— Tradição budista? — Keiko se aprumou, surpresa. — Me perdoe, mestra, mas não sei se isso me agrada.

— Bom, mas ao menos me permita começar. Há pinturas budistas esplêndidas. Poderia intitulá-la *Jovem abstracionista* mesmo empregando estilo budista.

— A senhora está zombando de mim.

— Não, de modo algum. Vou começar assim que terminar o campo de chá — disse e olhou para o interior do ateliê. Logo acima de seu esboço e o de Keiko, estava pendurado na parede um retrato que havia feito de sua mãe. Seu olhar pousou ali durante um bom tempo.

Na pintura, a mãe aparecia bela e mais jovem que a filha hoje, aos quarenta anos. Talvez Otoko tenha simplesmente pintado assim ou, de modo inconsciente, pudesse ter retratado a si própria.

Ao ver o quadro pela primeira vez, Keiko Sakami perguntou:

— É um autorretrato? Que bonito.

Otoko não negou, mas considerou que pudesse mesmo parecer aos olhos dos outros.

Eram de fato semelhantes em muitos aspectos e, por admiração, poderia ter retratado a mãe de forma a uma ser confundida com a outra. Baseando-se em uma fotografia, fizera inúmeros esboços, sem que nenhum a comovesse. Ao decidir não mais utilizar a imagem, a mãe surgiu à sua frente — não fantasmagórica, mas vívida. Otoko fez então muitos outros estudos de sentimentos vertidos em rápidas pinceladas que, com frequência, tinham de ser interrompidas devido às lágrimas que lhe embaçavam os olhos. Enquanto pintava, constatou que o retrato da mãe tornava-se cada vez mais um autorretrato.

Aquele ali pendurado, logo acima dos esboços do campo de chá, era o último dos que havia feito. Otoko havia queimado todos os anteriores para manter apenas o de maior semelhança, Quando olhava para o quadro, uma tristeza, talvez imperceptível para os outros, se embrenhava em seus olhos. O retrato respirava junto com ela. Quanto tempo havia levado até conseguir realizá-lo?

Além da mãe, nunca havia desenhado outras pessoas, apenas figuras em paisagens. Mas essa noite, por insistência da aluna, voltou a querer fazer um retrato. Otoko nunca havia pensado em *Ascensão do recém-nascido* desse modo. Mas talvez por gestá-lo por tanto tempo, lembrou das composições de Kobo Daishi e do clássico tema da Virgem com o Menino. Se havia retratado sua mãe e desejava ainda pintar o bebê que perdera, por que não também Keiko Sakami? Eram aqueles que afinal amava, mesmo que de maneiras muito distintas; eram seus três amores.

— Mestra — chamou Keiko. — A senhora olha para o retrato de sua mãe pensando em como fará o meu, não? Que não irá conseguir, se não sente por mim o amor que nutria por ela. — Aproximou-se e sentou, de novo tocando-lhe o joelho.

— Mas que desconfiança! Talvez eu tenha evoluído um pouco em relação à época desse retrato, não concorda? Ainda que hoje não me sinta muito satisfeita, há muito de mim nele, me provoca uma certa nostalgia.

— No meu caso, não precisará desse empenho todo. Apenas pinte.

— Não, não pode ser assim — respondeu Otoko, distraída. O retrato da mãe havia feito aflorar memórias há muito guardadas. E enquanto Keiko falava, ressurgiram também as antigas imagens de Kobo Daishi. Em muitas obras, o *chigo*, criança que participa dos cortejos, era figurado como uma bela menina, com o refinamento e a nobreza característicos da tradição budista. Essa opção podia ser interpretada como símbolo da homossexualidade nos templos do período Chu-sei[5], onde era proibida a entrada de mulheres, e do desejo pelos belos rapazes que podiam ser tomados por donzelas fascinantes. Talvez por isso Kobo Daishi havia lhe vindo à mente para retratar Keiko. O corte curto com franja não diferia do usado por meninas ainda hoje. Mas, à exceção dos figurinos usados no teatro Nô, ninguém mais se trajava com o requinte dos quimonos e do *hakama*[6], a veste pareceria antiquada para uma jovem

---

5. Período histórico que corresponde aos períodos Kamakura e Muromachi.
6. Peça de vestuário, espécie de calça larga, usada por homens e mulheres, embora seja atualmente mais comum como vestimenta masculina,

como ela. À Otoko ocorreram os retratos de Reiko, filha do pintor Ryusei Kishida. Suas aquarelas e pinturas a óleo eram de um meticuloso e detalhado estilo clássico, influenciado por Dürer, e algumas se assemelhavam a obras religiosas. Otoko se impressionara fortemente por uma muito rara: um estudo de cores suaves sobre papel chinês que mostrava Reiko seminua, agachada, vestindo apenas um *yumoji*[7] vermelho atado à cintura. Não se tratava de um de seus melhores trabalhos, mas Otoko refletia sobre os motivos do artista para, em estilo japonês, retratar assim sua própria filha, se havia feito a mesma composição também em estilo ocidental.

"Para a senhora, posarei nua", havia dito Keiko. E por que não? Não raro pinturas budistas insinuavam seios femininos. Mas, se inspirada na composição de Kobo Daishi para um nu, qual penteado seria mais apropriado? Kokei Kobayashi tinha uma obra de notável pureza chamada *Cabelos*, mas aquele não poderia ser o penteado de Keiko. Pensando nas possibilidades, Otoko reconheceu para si que suas habilidades e sentimentos poderiam não ser suficientes.

— Keiko, o que acha de nos deitarmos? — sugeriu Otoko.

---

com algumas exceções (em formaturas universitárias, por sacerdotisas xintoístas e em artes marciais).

7. Peça íntima, semelhante a uma saia, que é amarrada na cintura e vai até os joelhos.

— Mas tão cedo? Em uma noite de lua tão bela! — Keiko verificou o relógio no quarto. — Mestra, ainda não são nem dez horas.

— Eu estou um pouco cansada. Podemos conversar na cama.

— Como queira...

Keiko preparou as camas com rapidez, enquanto Otoko limpava o rosto diante do espelho. Assim que se levantou, a aluna tomou seu lugar para também retirar a maquiagem e, curvando o longo e magro pescoço, olhou para seu próprio reflexo:

— Mestra, meu rosto não poderia pertencer a uma pintura budista.

— É preciso usar de sensibilidade espiritual no modo de pintar.

Keiko retirou os grampos e balançou a cabeça.

— Soltou os cabelos?

— Sim. — Keiko penteava as longas mechas, observada da cama por Otoko.

— Irá deixá-los soltos essa noite?

— Sinto que começam a feder. Deveria tê-los lavado. — Pegou uma mecha e levou-a ao nariz. — Mestra, que idade a senhora tinha quando seu pai morreu?

— Onze. Você já sabe, contei-lhe tantas vezes. Por que volta a me perguntar?

Keiko não respondeu. Cerrou o *shoji*[8] e o *fusuma*[9] que separava o quarto do ateliê e deitou-se ao lado de Otoko. Não havia espaço entre as camas.

Nos últimos quatro ou cinco dias, dormiam sem fechar o *amado*.[10] Voltado para o jardim, o *shoji* deixava trespassar um pouco da luminosidade do luar.

A mãe de Otoko havia morrido de câncer de pulmão sem revelar que a filha possuía uma meia-irmã mais nova. Otoko ainda continuava sem saber.

Seu pai havia sido um comerciante de seda, e muitas pessoas prestaram condolências na ocasião de seu velório, com reverências e incenso, segundo a tradição. Entre os presentes, a mãe de Otoko notou uma jovem mestiça. Depois de queimar o incenso e se inclinar em respeito à família, pôde ver então seus olhos vermelhos, inchados de tanto chorar. A mãe de Otoko sentiu uma pontada aguda. Com um discreto sinal, chamou o secretário do marido, postado próximo aos familiares.

— Vá agora até a recepção, gostaria de saber o nome e endereço daquela moça mestiça — cochichou-lhe ao ouvido.

---

8. Porta corrediça com estrutura de madeira e forrada com papel-arroz. Serve para controlar a luminosidade natural que a atravessa parcialmente e entra na casa.
9. Painel corrediço de papel-cartão grosso com bordas de madeira. Divide os cômodos da casa.
10. Porta corrediça de madeira, instalada no exterior da casa, usada para bloquear completamente a luz e proteger a casa de intempéries como chuva e vento.

De posse da informação, o secretário depois investigou e soube que a avó era canadense, casada com um japonês; de nacionalidade japonesa, a jovem havia estudado em uma escola para americanos e trabalhava como intérprete. Morava em uma casa pequena em Azabu, com uma empregada de meia-idade.

— E então não tem filhos?

— Parece que tem uma menina.

— Você viu a criança?

— Não, soube por conversas na vizinhança.

A mãe de Otoko teve certeza de que a menina era filha de seu marido. Havia muitas maneiras de se certificar, mas aguardou até que a própria moça viesse procurá-la. Contudo, isso jamais aconteceu. Seis meses depois, o secretário lhe informou que ela havia se casado, levando a filha, insinuando que fora, sim, amante do marido. Com o decorrer do tempo, o ciúme e a raiva esmoreceram, e chegou até a querer adotar a criança. Se a mãe a levara quando se casou, a criança cresceria acreditando que esse homem, com quem não tinha nenhuma relação de sangue, era seu verdadeiro pai. A mãe sentiu como se tivesse perdido algo precioso, não por Otoko ser sua única filha, mas por não poder revelar a ela, então uma menina de onze anos, que seu pai tivera uma amante e uma criança ilegítima. Quando agonizava, prestes a morrer, a mãe ainda hesitou, mesmo com Otoko tendo idade para saber, e acabou por nada lhe revelar. Desse modo, a filha sequer podia sonhar com a existência da meia-irmã. Hoje, já deveria ser adulta, provavelmente casada e com seus próprios filhos. Para Otoko, era como se essa irmã não existisse.

— Mestra, mestra! — Keiko estava sentada e procurava acordá-la. — Estava tendo um pesadelo? Parecia atormentada...

— Sim... — Otoko arfava; Keiko se inclinou e lhe afagou o peito.

— Estava me olhando enquanto eu dormia? — perguntou Otoko.

— Sim, por algum tempo...

— Mas que desagradável. Foi só um sonho.

— Que sonho foi esse?

— No sonho havia uma pessoa de verde. — O tom de voz de Otoko tinha uma certa inquietação.

— Uma pessoa vestida de verde? — questionou Keiko.

— Não. Não era a roupa, o corpo era verde, os braços, as pernas.

— Era um Fudô[11] verde?

— Pare de fazer graça. Não tinha a terrível aparência do Fudô, mas essa figura verde parecia flutuar ao redor da cama.

— Era uma mulher?

Otoko não respondeu.

---

11. Em sânscrito, *Acalanatha*. Divindade protetora do budismo, combate o mal e carrega uma espada na mão direita e um laço na esquerda.

— Foi um sonho bom. Mestra, estou certa que sim.
— Keiko cobriu-lhe os olhos com uma das mãos. Com a outra, pegou um dos dedos de Otoko, colocou na boca e o mordeu.

— Ai, está me machucando! — reclamou Otoko, acordando de vez.

— Mestra, a senhora disse que faria meu retrato, não? Será que não teria me mesclado ao verde do campo de chá de Uji? — disse Keiko, interpretando o sonho.

— Será? Mas até em sonho você fica me seguindo? Que apreensão! — disse Otoko.

Keiko encostou o rosto no peito dela e abafou o riso, de forma um tanto perturbadora.

— O sonho é seu, mestra.

No dia seguinte, subiram juntas o monte Kurama, alcançando o cume ao entardecer. Os devotos já estavam reunidos na área do templo. Depois de mais um longo dia de maio, a noite tomava as altas copas das árvores e os picos das montanhas ao redor. A lua se elevava sobre as colinas do leste, para além de Kyoto. Havia fogueiras em ambos os lados do altar. Os monges entraram e começaram a recitar os sutras; o celebrante trajava uma veste escarlate. Acompanhado por um órgão, o coro repetia: "Conceda-nos a força para a glória e renovação."

Velas acesas eram ofertadas pelos devotos. Uma larga taça prateada cheia d'água foi posta na frente do altar. Ali, estaria refletida a imagem da lua cheia. A água da taça foi derramada nas mãos em concha de cada devoto, e então bebida. Otoko e Keiko fizeram o mesmo.

— Mestra, quando voltarmos para casa, talvez encontremos no quarto pegadas verdes do Fudô — disse Keiko, arrebatada pela atmosfera festiva no alto do monte.

Céu da estação chuvosa

Quando Toshio Oki ficava pensativo ou não sabia o que escrever, deitava-se no sofá do corredor. Se fosse à tarde, era comum cochilar por uma ou duas horas, o que havia se tornado um hábito nos últimos anos. Antes, em situações como essa, saía para caminhar, mas morando há tanto tempo em Kamakura, conhecia bem a vista dos templos, como o Enkaku-ji, o Jochi-ji, o Kencho-ji, bem como das colinas próximas. Levantava-se cedo e, como tinha o costume de dar um curto passeio pela manhã, não permanecia deitado na cama após despertar. Além disso, esses passeios matinais tinham também o propósito de não atrapalhar a empregada na arrumação e nas tarefas diárias. Antes do jantar, fazia outra caminhada, um pouco mais longa.

O corredor ao lado de seu escritório era amplo, com uma escrivaninha em um canto. Oki escrevia sentado tanto no tatame da sala quanto no confortável sofá do corredor. Deitado ali, a aflição do trabalho rapidamente se afastava de seus pensamentos. Era muito estranho. Quando estava em processo de escrita, seu sono noturno era leve, com sonhos relacionados ao trabalho. No sofá do corredor, porém, adormecia rápido e tudo desaparecia de modo bastante conveniente. Ainda jovem, não tinha o hábito de tirar cochilos depois do almoço, pois recebia visitas com frequência e não lhe sobrava tempo. Escrevia à noite, em geral da meia-noite até o amanhecer. Como havia trocado o trabalho noturno pelo diurno, passara a tirar cochilos à tarde, mas sem um horário definido. Se não conseguia escrever, essa era hora de se deitar no sofá, podendo ser antes do almoço ou próximo do anoitecer. O cansaço podia atuar como um estimulante, o que era comum à noite e e mais raro de dia.

"Precisar de cochilos prova que estou envelhecendo", pensava Oki. "Mas é um sofá mágico."

Sempre que se deitava nele, adormecia. Ao acordar, sentia-se revigorado. Não raro encontrava uma solução para um bloqueio na escrita. Era mesmo mágico.

Começava a estação chuvosa, a mais odiada por Oki. Mesmo separada do mar por colinas e bastante afastada da costa, a umidade marítima em Kamakura era horrível. O céu nublado indicava que logo iria chover. Oki sentia um peso do lado direito do rosto, como se as dobras do cérebro tivessem sido tomadas por mofo. Havia dias em que se deitava duas vezes no sofá mágico, uma pela manhã e outra à tarde.

— Uma senhorita de Kyoto, de nome Sakami, está aqui para vê-lo — anunciou a empregada.

Oki tinha acabado de acordar, mas continuava deitado no sofá. Não respondeu.

— Deseja que a dispense, dizendo que o senhor está descansando?

— Não. É uma moça, certo?

— Sim, senhor. Ela já esteve aqui uma vez...

— Leve-a para a sala de visitas.

Oki deitou a cabeça novamente e fechou os olhos. Depois do cochilo, o cansaço por causa da estação chuvosa havia melhorado, mas ao ouvir que Keiko Sakami estava ali, era como se tivesse tomado um banho refrescante. Levantou-se, lavou o rosto e limpou o corpo com uma toalha úmida. Ao vê-lo entrar na sala de visitas, Keiko se ergueu da cadeira, ruborizada. Para Oki, foi uma reação inesperada.

— Seja bem-vinda.

— Desculpe-me por vir de modo repentino...

— Pelo contrário. Quando esteve aqui na primavera, eu havia saído para dar um passeio em uma colina próxima. Poderia ter esperado um pouco.

— Naquele dia, Taichiro me acompanhou até a estação.

— Foi o que me disseram. Ele a levou para conhecer um pouco de Kamakura?

— Sim.

— Não deve ter sido novidade alguma. Você foi criada em Tóquio, não foi? E, comparada a Kyoto e Nara, não há nada de especial para se ver em Kamakura.

Keiko observava o rosto de Oki.

— Foi bonito o entardecer na praia.

Surpreso ao saber que o filho havia levado Keiko até a praia, Oki disse:

— A última vez que nos vimos foi na manhã de Ano-Novo, na despedida na estação de Kyoto. Já se passaram seis meses.

— Sim. O senhor acha que seis meses é muito? Consideraria um longo tempo?

Oki não percebeu a verdadeira intenção por trás da pergunta.

— Depende. Se pensarmos que é muito ou pouco tempo, assim será.

Keiko não sorriu, aparentando achar a resposta sem graça.

— Mas se você tivesse um namorado e não o encontrasse há seis meses, o tempo lhe pareceria longo, não?

Ela permaneceu em silêncio, com expressão entediada. Apenas seus olhos negro-azulados davam a impressão de desafiá-lo, irritando-o um pouco.

— Com seis meses, a criança já se mexe no ventre da mãe. — Apesar da proposital comparação feita por ele, Keiko não esboçou nem mesmo um sorriso. — E passamos do inverno para o verão, a odiosa estação das chuvas...

Ela continuou calada. Oki prosseguiu:

— Desde o passado remoto, os filósofos não parecem ter alcançado uma boa resposta para essa questão. A crença popular de que o tempo resolve tudo está bem enraizada, mas tenho minhas dúvidas. Você acredita na ideia de que a morte é o fim?

— Ainda não sou tão pessimista.

— Não chamaria de pessimismo — disse ele, contendo-se um pouco. — Compreendo que, para uma jovem como você, seis meses não significam o mesmo que para mim. Assim como para uma pessoa com câncer que tem apenas seis meses de vida. Além disso, pode-se perder a vida num instante, em um inesperado acidente de trânsito ou algo assim. E há as guerras... E pessoas morrem, ainda que não estejam em combate.

— Mas o senhor não é um artista?

— Receio deixar apenas coisas das quais me envergonhe.

— Não há por que ter vergonha de nenhum de seus livros.

— Será mesmo? Seria bom se fosse verdade, mas talvez minhas obras desapareçam. Prefiro que seja assim.

— Como pode dizer isso? O senhor sabe que *Uma garota de dezesseis anos,* sobre minha mestra, irá perdurar.

— De novo esse romance? — A expressão de Oki se anuviou. — Até você, a aluna de Otoko, me diz isso?

— É por viver perto dela. Desculpe-me.

— Não, tudo bem... Não há mesmo o que fazer...

— Senhor Oki. — De repente, a expressão de Keiko se animou. — O senhor voltou a amar depois de ter amado a minha mestra?

— Sim, aconteceu. Mas não foi trágico como o que vivenciei com Otoko...

— E por que não escreveu sobre isso?

— Bem... — Oki hesitou um pouco. — Fui advertido a não escrever e acabei não conseguindo mais.

— Ah, sim?

— Talvez tenha sido um sinal de fraqueza como escritor. Não conseguiria dedicar tal paixão como quando escrevi sobre Otoko.

— Eu não me importaria que o senhor escrevesse sobre mim.

— O quê? — Oki se assustou. Até agora, haviam se encontrado apenas três vezes: quando foi buscá-lo no hotel Miyako, no fim do ano; a despedida na estação de Kyoto no Ano-Novo; e hoje, essa visita em Kamakura. Nem se chamaria tais ocasiões de encontros. Como então escrever a respeito dela? O máximo que poderia fazer seria tomar emprestada sua bela imagem para criar uma personagem fictícia em um livro. Ela disse ter ido até a praia com Taichiro, o filho dele, mas teria acontecido algo entre os dois?

— Quer dizer que arranjei uma boa modelo? — gracejou, procurando disfarçar, mas foi logo absorvido pela sedução do misterioso olhar de Keiko. A umidade em seus olhos indicava lágrimas. Ficou sem palavras.

— A mestra Otoko prometeu pintar um retrato meu — disse Keiko.

— É mesmo?

— E hoje eu lhe trouxe mais um quadro. Achei que o senhor pudesse se interessar em ver.

— Claro. Não posso dizer que entenda muito de pintura abstrata, mas vamos para a outra sala, há pouco espaço aqui. Os dois quadros que você trouxe da última vez estão pendurados na sala de estudos de Taichiro.

— Ele não está em casa hoje?

— Não. Hoje é dia de ir à universidade para pesquisar e dar aulas. Minha esposa foi a uma peça de Bunraku.[1]

— É bom que o senhor esteja sozinho — sussurrou Keiko. Dirigiu-se até a entrada para pegar o quadro e levou-o à sala de tatames. Tinha uma moldura simples, de madeira. Apesar de dominado pelo verde, utilizava várias cores à sua maneira ousada, fazendo com que toda a tela parecesse ondular.

— Para mim, senhor Oki, esta é uma pintura realista. É o campo de chá em Uji.

— Ora! Campo de chá? — comentou Oki, observando a tela. — Um campo de chá que aparenta ondular, cheio de juventude. À primeira vista, pensei representar um coração prestes a se incendiar.

---

1. Teatro que combina marionetes, música e narração.

— Fico feliz em saber que o senhor veja dessa maneira... — Keiko se ajoelhou atrás de Oki, quase encostando o queixo em seu ombro. Sua respiração doce e morna perpassou os cabelos dele.

— Senhor Oki, fico muito feliz que o senhor tenha percebido as ondas de meu coração neste quadro — repetiu Keiko. — Embora seja ruim como pintura de um campo de chá...

— É genuinamente jovial!

— Claro que fui até o campo de chá para fazer os esboços, mas foi nos primeiros trinta minutos, uma hora, que concebi a imagem dos arbustos, a ondulação da plantação.

— Ah, sim?

— O campo de chá estava silencioso. O relevo verde-claro, de curvas sobrepostas, se movimentava como ondas, transformando-se assim nesse quadro. Não é uma pintura abstrata.

— Achava que um campo de chá, mesmo na época dos brotos, fosse algo mais delicado.

— Eu não acho. Tanto na pintura quanto nos sentimentos...

— Até nos sentimentos? — Ao virar-se, seu ombro tocou de leve o seio de Keiko. O olhar se deteve diante de uma das orelhas dela.

— Se continuar falando essas coisas, pode acabar tendo essa linda orelha cortada!

— Nem em sonhos eu seria um gênio como Van Gogh. Seria preciso que alguém a arrancasse às mordidas...

Surpreso, Oki girou bruscamente o ombro, fazendo com que Keiko, ajoelhada atrás de si, perdesse o equilíbrio e se agarrasse a ele.

— Na verdade, odeio sentimentos delicados — disse Keiko, sem alterar a posição em que estava. Bastaria a Oki mexer o braço para que ela caísse em seu colo. O rosto virado para cima dava a impressão de estar à espera de um beijo.

Oki, porém, não moveu o braço e Keiko permaneceu como estava.

— Senhor Oki — murmurou, o olhar fixo nele.

— O formato de sua orelha é encantador, mas seu belo perfil possui algo misterioso — comentou Oki.

— Que prazer o senhor dizer isso de mim. — O longo e magro pescoço de Keiko enrubesceu de leve. — Jamais esquecerei suas palavras. Mas até quando essa beleza da qual o senhor tanto fala poderá durar? Como mulher, entristeço ao pensar nisso.

Oki se manteve em silêncio. Keiko prosseguiu:

— É embaraçoso se sentir observada, mas qualquer mulher ficaria satisfeita em parecer bela a um homem como o senhor.

Oki ficou surpreso com o ardor da resposta, como se murmurasse palavras de amor. Em um tom mais austero, disse:

— Também estou contente. Embora deva haver muitas outras partes belas em você.

— Acha mesmo? Eu não saberia dizer, sou apenas uma insignificante pintora, não uma modelo...

— Os artistas podem usar um modelo de maneira pública, mas os escritores, não. Disso, sinto certa inveja.

— Se lhe for útil, o senhor pode me usar.

— Você é muito gentil.

— Senhor Oki, disse que poderia escrever o que quisesse sobre mim. Apenas sinto por não ser tão bela quanto seria em sua fantasia e imaginação.

— De modo abstrato ou realista?

— Deixo a decisão em suas mãos...

— No entanto, o modelo artístico e o literário diferem totalmente.

— Sei bem disso. — Keiko piscou os espessos cílios. — Até meu quadro, apesar de infantil, não é um campo de chá. Mais do que uma reprodução da realidade, parece que pintei a mim mesma...

— Acaba sendo assim com todas as pinturas, não? Tanto abstrata quanto realista. Nas belas-artes, o modelo é um corpo. Nos livros, é preciso que seja um ser humano, pouco importando que se escreva sobre paisagens e flores.

— Senhor Oki, eu sou um ser humano.

— Um belo ser humano — disse ele prontamente e ofereceu a mão para ajudá-la a se levantar. — Para um nu, basta que o modelo artístico pose, mas isso não funciona para um escritor...

— Eu sei.

— Sabe?

— Sim.

Oki se sentiu desconcertado diante da ousadia dela.

— Talvez eu pudesse criar uma personagem parecida com você no livro...

— Isso não teria graça alguma — disse Keiko, insinuando-se.

— As mulheres são estranhas — esquivou-se Oki. — Duas ou três disseram ter certeza de serem o modelo de uma personagem minha, mesmo que não passassem de desconhecidas para mim, sem qualquer relação... Que fantasia seria essa?

— Muitas mulheres são infelizes, devem encontrar consolo em uma alucinação como essa.

— Não estariam desequilibradas?

— Não é difícil que uma mulher seja desequilibrada. Será que o senhor não conseguiria?

Diante da pergunta inesperada, não soube o que responder.

— Ou o senhor apenas espera com indiferença que isso aconteça por si só?

— Quê? — Oki de novo hesitou e mudou o rumo da conversa. — Ao contrário de um modelo artístico, o literário faz um sacrifício espontâneo.

— Eu faria de bom grado. O sacrifício por alguém pode bem ser minha razão de viver.

Ainda aturdido, Oki respondeu:

— No seu caso, seria então um sacrifício voluntário, mas como se você exigisse do outro o sacrifício...

— Não, o senhor está enganado. A motivação para o sacrifício reside no amor, no anseio voltado a alguém.

— É por Otoko que você se sacrifica? — perguntou ele, e Keiko não respondeu. — Não é?

— Talvez. Mas a mestra é uma mulher. A vida que uma mulher sacrifica por outra não contém pureza.

— Não compreendo.

— Corre-se o risco de as duas perecerem.

— Perecerem?

— Sim.

Oki não soube o que dizer. Keiko prosseguiu:

— Detesto ter a menor dúvida. Não importa se por cinco ou dez dias, quero alguém que me faça esquecer de mim por completo.

— Isso é bastante difícil, mesmo em um casamento.

— Tive várias oportunidades de me casar, mas esse tipo de sacrifício não perdura em um casamento. Senhor Oki, não gosto de me ocupar de mim mesma. Como disse antes, odeio sentimentos delicados.

— Não diga isso, como se não houvesse outra opção além de tentar o suicídio quatro ou cinco dias depois de ter encontrado o amor de sua vida.

— Não tenho medo algum do suicídio. Detesto mais o desespero, um viver sem vontade. O senhor me faria feliz se me estrangulasse, desde que antes eu lhe servisse de modelo...

Oki tentou afastar a suspeita de que Keiko tivesse vindo até sua casa para seduzi-lo. Não poderia afirmar, apenas com o encontro de hoje, que fosse uma mulher astuta, mas poderia se mostrar um modelo bem interessante para um romance. Contudo, sentia que não seria improvável que, se tivessem um caso seguido de separação, ela acabaria na ala psiquiátrica de um hospital, como Otoko.

No início da primavera, ele tinha saído a passeio para observar o entardecer da colina de Kamakura quando Keiko trouxe seus dois quadros, *Ameixeira* e *Sem título*. E assim, acabou sendo recebida por Taichiro, que se ofereceu para acompanhá-la até a estação. Mas, pelo que ela mesma havia lhe contado, acabaram indo até a praia. Era evidente que o filho tinha sido cativado pelo misterioso encanto da jovem.

"Mas ela não pode fazer isso com meu filho. Ela vai destruí-lo", pensou Oki, dizendo para si mesmo que não estava simplesmente com ciúmes.

— Seria muito gratificante para mim se pendurasse meu quadro do campo de chá em seu escritório — disse Keiko.

— Sim, farei isso — respondeu Oki, sem entusiasmo.

— Gostaria que o vislumbrasse quando estivesse anoitecendo. Dessa forma, o verde do campo de chá desapareceria no fundo, fazendo sobressair as cores que criei.

— Creio que poderei ter sonhos estranhos.
— Que tipo de sonhos?
— Bom... sonhos juvenis.
— Ah, o senhor é muito gentil.
— Você é jovem. Percebe-se a influência de Otoko na sobreposição das ondas do campo de chá, mas a cor, que nada se parece com o verde-claro dos arbustos, é criação sua, não? — questionou Oki.
— Senhor Oki, pode ser só por um dia... Depois pode largá-lo em um canto do armário e deixar ficar coberto de pó. É uma pintura ruim. Qualquer dia irei rasgá-la com uma faca.
— O quê?
— De verdade — disse Keiko, com uma estranha expressão de mansidão. — É uma pintura ruim. Mas se o senhor a pendurar em seu escritório apenas por um único dia...
Ele não tinha palavras para responder. Keiko permaneceu cabisbaixa:
— Eu me pergunto se esta estranha pintura lhe faria sonhar.
— Temo que, influenciado pelo quadro, seria mais provável sonhar com você — disse Oki.
— Por favor, sonhe o que quiser... — Até as belas orelhas de Keiko ruborizaram um pouco. — Mas o senhor nada fez para ter sonhos comigo — Observou, erguendo o nebuloso olhar.
— Bom, naquele dia que você trouxe os quadros, meu filho a acompanhou até a estação de trem, mas antes a

levou até a praia. Não havendo ninguém em casa, não posso pedir que fique para jantar. Vou então chamar um táxi e irei acompanhá-la.

O táxi atravessou a cidade de Kamakura e seguiu por cerca de vinte e sete quilômetros pela praia de Shichiri. Keiko manteve-se em silêncio.

Tanto o céu quanto o mar da baía de Sagami detinham o tom cinzento da estação chuvosa.

Oki deixou o táxi esperando em frente ao parque aquático Marineland, em Enoshima. Comprou lula e cavala para alimentar os golfinhos. Um deles pulou da água para pegar a comida das mãos de Keiko. Mais ousada, ela segurava cada vez mais alto, obrigando os golfinhos a saltos ainda maiores. Deslumbrada como uma garotinha, nem se deu conta que havia começado a chover.

— Vamos embora antes que a chuva fique mais forte — apressou-a Oki. — Sua saia já está molhada.

— Foi muito divertido!

Depois que retornaram ao táxi, Oki disse:

— Um grupo de golfinhos às vezes aparece do outro lado da baía, um pouco além das termas de Ito. Parece que homens mergulham nus e cercam os animais até o litoral, capturando-os com as próprias mãos. Os golfinhos não oferecem resistência quando fazem cócegas sob suas nadadeiras.

— Coitados...

— Será que uma bela jovem resistiria?

— Mas que ideia repulsiva, senhor Oki. Ela iria se debater, unhar e resistir!

— Creio que golfinhos sejam mais dóceis.

O táxi os levou até um hotel no topo da colina com vista para Enoshima. A ilha aparecia cinzenta e, à esquerda, estendia-se a península de Miura. A chuva engrossara um pouco e trouxera uma densa névoa, típica da estação, que ocultava os pinheiros da floresta próxima.

Quando chegaram ao quarto, sentiam a pele úmida e pegajosa.

— Keiko, não podemos voltar — disse Oki. — Seria perigoso sair de carro com essa névoa.

Ela assentiu de pronto, sem mostrar aborrecimento, surpreendendo Oki.

— É melhor tomarmos um banho antes de jantar... — Ele passou as mãos pelo rosto. — Keiko, me deixaria abraçá-la para saber se você se comporta como um golfinho?

— O senhor diz mesmo coisas desagradáveis. Como pode me comparar a um golfinho... É preciso mesmo me insultar assim? Fingir ser um golfinho? — Ela se encostou no peitoril da janela. — Que mar escuro!

— Não quis ofender, desculpe.

— Se ao menos dissesse que gostaria de ver o meu corpo... Ou se apenas me envolvesse sem dizer nada.

— Não resistiria?

— Não sei... Mas fingir ser um golfinho é degradante. Eu não sou uma sem-vergonha. O senhor é assim tão depravado?

— Depravado? — repetiu Oki, dirigindo-se ao banheiro. Enquanto tomava uma ducha, lavou superficialmente a banheira e a deixou enchendo. Enxugou o corpo com a toalha e saiu, de cabelos eriçados.

— Pode usar a banheira — disse, sem olhar para Keiko.
— Eu a deixei enchendo. Deve estar pela metade agora.

Com uma expressão séria, Keiko observava o mar.

— Está chuviscando, mal se vê a ilha e a península...
— Está triste?
— Não gosto da cor das ondas.
— Sua pele deve estar pegajosa, por isso se sente desconfortável. Deixei a banheira enchendo. Por que não toma um banho?

Ela concordou e entrou no banheiro. Não se ouvia o ruído da água, o ambiente estava em silêncio. Keiko saiu lavada e fresca, sentou à frente de um espelho triplo e abriu a bolsa de mão.

Oki se aproximou por trás, dizendo:

— Lavei meus cabelos no chuveiro e agora estão arrepiados... Tinha um creme, mas não gosto do cheiro.
— Senhor Oki, experimente então este perfume. — Keiko lhe entregou um pequeno frasco, e ele o cheirou.
— É para usá-lo após passar o creme?
— Só um pouquinho — sorriu. Ele agarrou a mão dela.
— Keiko, tire a maquiagem...
— Ai, isso dói. — Desvencilhou-se dele. — O senhor é mesmo impertinente!

— Prefiro seu rosto do jeito que é, Keiko. Esses belos dentes, as sobrancelhas... — Oki tocou com os lábios sua face corada.

A banqueta da penteadeira tombou e derrubou Keiko.

— Ah!

Os lábios de Oki se sobrepuseram aos dela.

Foi um longo beijo.

Sem ar, ele afastou um pouco o rosto.

— Não pare, senhor Oki, continue... — Keiko o puxou de volta para si.

No íntimo, Oki estava perplexo.

— Nem as mergulhadoras *ama*[2] conseguem ficar tanto tempo sem respirar. Vai desmaiar.

— Faça-me desmaiar!...

— As mulheres têm mais fôlego. — Como em uma brincadeira, beijou-a mais uma vez, longamente. De novo sem ar, tomou-a nos braços e a deitou na cama. Keiko se encolheu, fechou-se sobre si mesma.

Ela não mostrava resistência, mas ele teve dificuldade em fazê-la relaxar. E, quando ficou claro que a jovem não era mais virgem, passou a ser mais firme, até que ela gritou em um lamento:

— Oh!... Otoko, Otoko!

— O quê?

---

2. Geralmente mulheres, as *ama* são mergulhadoras que colhem frutos do mar, algas e pérolas, sem usar equipamentos de mergulho.

Oki pensou que gritasse por ele, mas, de súbito, perdeu as forças ao compreender quem ela havia chamado.

— O que disse? "Otoko"? — perguntou em um tom seco. Sem responder, Keiko o empurrou, afastando-se.

Jardim de pedras

Ainda hoje restam alguns jardins de pedras nos templos de Kyoto, como os de Saiho-ji, Ginkaku-ji, Ryoan-ji, Daisen-in, parte de Daitoku-ji, e Taizo-in, de Myoshin-ji. Dentre todos eles, o de Ryoan-ji é em especial famoso e cultuado por, de modo incomparável, encarnar a essência da estética zen-budista.

Habituada a visitá-los, Otoko Ueno conhecia esses jardins como a palma da mão. Esse ano, com vontade de desenhar, frequentou o jardim de pedras do Saiho-ji desde o fim da estação chuvosa. Não acreditava poder mesmo desenhá-lo, mas queria estar em contato com sua energia.

Embora fosse um dos mais antigos e vigorosos jardins, pouco lhe importava pintá-lo ou não. A paisagem de pedras contrastava com a suavidade do jardim de musgos localizado na parte posterior do templo e, se não fosse pelos visitantes que passavam, Otoko gostaria de ficar ali, apenas sentada, contemplando-a. Como de tempos em tempos mudava de lugar para olhar o jardim, deixava aberto o caderno de esboços para que as pessoas não estranhassem seu comportamento.

O Templo Saiho-ji havia sido restaurado em 1339 pelo mestre nacional Muso[1], que reformou as edificações do complexo budista, adicionando ali um lago com uma pequena ilha. Dizem que conduzia os visitantes até a casa de descanso Shukuentei, no topo da colina, para que observassem a cidade de Kyoto. Todas essas construções acabaram destruídas e o jardim, devastado por inundações, tivera que ser restaurado várias vezes. O arranjo atual acompanhava o caminho ladeado por lanternas de pedra em direção ao Shukuentei. Devido à natureza de seu material, era provável que a antiga disposição original da cascata e sua correnteza não tivesse se modificado ao longo do tempo.

Conta-se que Shoan, segundo filho do mestre de cerimônia do chá Sen no Rikyu, havia se escondido ali, mas Otoko não estava interessada em investigar a história ou outros fatos relativos ao local. Viera somente admirar a ordenação das pedras e desenhar, acompanhada da jovem Keiko que a seguia como sua sombra.

— Mestra, as composições de pedra são todas abstratas, não? Acho que há um pouco dessa mesma força em uma pintura de Paul Cézanne, *Rochedos em L'Estaque*.

---

1. Muso Soseki (1275-1351) foi monge zen-budista, calígrafo, poeta e paisagista. Recebeu o título de "mestre nacional Muso" (*Muso kokushi*) do imperador Go Daigo.

— Keiko, mas você os viu? Os rochedos de Cézanne eram uma formação natural, talvez não um imenso penhasco, mas um maciço rochoso ao longo da costa...

— Mestra, se vai pintar a composição de pedras, então será um quadro abstrato. Eu não teria capacidade para representar essas pedras de forma realista.

— Pode ser. E também não estou certa de que eu vá pintá-lo...

— Quer que eu faça um primeiro esboço?

— Talvez seja melhor. Aquele quadro do campo de chá ficou interessante, muito jovial. Você também o levou para o senhor Oki, não?

— Sim. A esta altura, a esposa deve tê-lo rasgado ou feito em pedaços... Passei a noite com o senhor Oki em um hotel de Enoshima. Ele me pareceu um depravado, mas quando chamei seu nome, mestra Ueno, ele estacou de imediato... Ele ainda a ama e se arrepende o suficiente para que eu sinta ciúmes...

— Mas o que você pretende fazer?

— Quero destruir aquela família. Para vingar minha mestra.

— Vingar?

— Não suporto que a senhora ainda o ame. Mesmo depois de tudo o que a fez passar, ainda o ama. Que tolice feminina!... É isso que não aguento mais!

Otoko se manteve em silêncio.

— São meus ciúmes.

— Ciúmes?

— Sim.

— E foi por ciúmes que passou a noite com ele em um hotel? Se eu ainda o amasse, não seria eu que deveria estar enciumada?

— E não está?

Otoko não respondeu.

— Eu ficaria feliz se a senhora estivesse com ciúmes.

— O pincel com que esboçava a composição das pedras passou a se mover mais rápido. — Não consegui dormir no hotel. O senhor Oki, no entanto, pareceu adormecer bem satisfeito. Detesto esses homens velhos...

Otoko se sentiu perturbada, imaginando se no quarto havia uma cama de casal ou duas de solteiro, mas não ousou perguntar.

— Ele dormia tão profundamente... Era uma sensação maravilhosa saber que poderia estrangulá-lo ali...

— Você é mesmo perigosa!

— Foi apenas um pensamento. Mas foi tão divertido, que não consegui dormir.

— E você ainda diz que faz isso tudo por mim? — A mão de Otoko que esboçava o jardim de pedras tremia um pouco. — Não acredito.

— É claro que é pela senhora.

Embora começasse a temer a estranha personalidade da aluna, Otoko alertou:

— Keiko, por favor, não volte àquela casa. Não se sabe o que pode acontecer.

— Quando esteve hospitalizada, a senhora nunca pensou em matá-lo?

— Nunca. Claro que estava fora de mim, mas matar alguém?

— Não o odiava? Ou o amava demais para conseguir?

— Havia também o bebê...

— O bebê? — Keiko hesitou. — Mestra, será que eu também conseguiria dar à luz um bebê do senhor Oki?

— O quê?!

— E arruiná-lo depois.

Otoko encarou a aluna. Daquele belo perfil, de pescoço longo e magro, surgiam palavras terríveis.

— Claro que conseguiria, se quisesse. — Otoko se conteve. — Mas será que entende o que isso significa? Se tiver um filho de Oki, eu não poderia mais cuidar de você. E uma vez mãe, não vai mais falar desse modo. Tudo irá mudar.

— Mestra, não mudarei jamais.

O que afinal teria acontecido entre Keiko e Oki no hotel em Enoshima? Otoko se indagava se ela não lhe escondia algo. O que mais devia se ocultar sob suas impetuosas palavras de ciúmes e vingança?

Fechou os olhos ao pensar que ainda podia sentir ciúmes de Toshio Oki. Como uma sombra, o jardim de pedras se demorou no fundo de seus olhos.

— Mestra, mestra! — Keiko tocou-lhe o ombro. — O que aconteceu? Ficou pálida de repente. — E a beliscou com força debaixo do braço.

— Ai, isso dói! — Otoko se desequilibrou e apoiou um dos joelhos no chão. Keiko a ajudou a se levantar.

— Mestra, tudo que me importa é a senhora. Só a senhora.

Silenciosa, Otoko enxugou o suor frio da testa.

— Keiko, se continuar a falar essas coisas, será infeliz. Infeliz pelo resto da vida...

— Não tenho medo da infelicidade.

— Você diz isso por ser ainda jovem e bonita...

— Serei feliz enquanto puder ficar ao seu lado, mestra Ueno.

— Eu me alegro, mas, afinal, sou uma mulher.

— Odeio os homens — disse Keiko, categórica.

— Não diga isso — pediu Otoko, em tom triste. — Mesmo os nossos estilos de pintura são bem diferentes. Se continuarmos juntas por muito tempo...

— Odiaria um professor que pintasse com o mesmo estilo que eu...

— Você odeia muitas coisas, não? — disse Otoko, se acalmando um pouco. — Mostre-me seu caderno de esboços.

— Aqui está.

— O que é isso?

— Que crueldade, mestra. É um jardim de pedras, claro. Olhe com atenção... Desenhei algo de que não me achava capaz.

— Hum... — Enquanto observava o desenho, Otoko empalideceu de novo. À primeira vista, não era perceptível o que o esboço a nanquim retratava, mas havia ali a vibração de uma alma misteriosa. Não havia nada parecido nos desenhos anteriores de Keiko.

— Então aconteceu algo intenso quando ficaram no hotel — Otoko tremia.

— Intenso? Não sei se aquilo poderia ser chamado de intenso.

— Nunca antes desenhou dessa maneira.

— Mestra, vou lhe contar. O senhor Oki não consegue nem dar um longo beijo.

Otoko ficou calada.

— Todos os homens são assim? Como a senhora sabe, foi minha primeira vez com um homem.

Incerta quanto ao significado dessa "primeira vez", Otoko manteve o olhar sobre o esboço.

— Gostaria de ser uma das pedras desse jardim — murmurou, enfim.

As pedras do jardim do mestre nacional Muso se achavam cobertas pela pátina dos séculos transcorridos, cujo aspecto antigo fazia indagar se tinha sido o homem ou a natureza que as arranjara. Mas sua força angular e formal não deixava dúvida de que se tratava de uma composição humana e nunca havia se imposto a Otoko tanto quanto agora, com um angustiante peso espiritual.

— Keiko, vamos embora por hoje? Essas pedras começam a me assustar.

— Está bem.

— Não estou conseguindo meditar sentada aqui, então é melhor ir embora. — Ao se levantar, Otoko cambaleou.

— Eu sabia que provavelmente não conseguiria pintá-las. São abstratas demais, talvez seu esboço tenha capturado algo, Keiko.

— Mestra — disse, tomando o braço de Otoko. — Vamos para casa e fazer de conta que somos golfinhos.

— Golfinhos? Como assim?

Keiko sorriu, maliciosa, e tomou o caminho à esquerda, na direção do bosque de bambus, semelhante às belas imagens do fotógrafo Ken Domon.

Mais do que tristeza, Otoko carregava uma expressão tensa enquanto caminhava ao lado do bambuzal.

— Mestra. — Keiko tocou de leve as costas de Otoko. — Será que a ordenação das pedras tomou sua alma?

— Não, mas gostaria de contemplá-las por muitos dias, sem pincéis nem cadernos...

Com a usual jovialidade em seu rosto, Keiko disse:

— Mas são apenas pedras, não? Alguém como a senhora é capaz de perceber a força sendo irradiada, bem como a beleza dos musgos, mas ainda assim serão pedras... Lembro de um haikai em que Seishi Yamaguchi[2]

---

2. Poeta de haicai (1901-1994).

fala sobre olhar para o mar dia após dia e então, ao voltar para Kyoto, realmente compreender o significado de um jardim de pedras.

— O mar e um jardim de pedras? Ao compararmos com oceanos, rochedos e montanhas naturais, os arranjos de pedras são meras obras humanas. E mesmo assim, receio que jamais conseguiria pintar tais composições.

— Mestra, é uma abstração criada pelo homem. Sinto que eu poderia pintar em meu estilo, com as cores que quisesse...

Otoko nada disse.

— Desde quando existem estes jardins de pedras?

— Não sei bem, mas não existiam antes do período Muromachi.

— E essas pedras e rochas, que idade teriam?

— Não tenho como saber.

— A senhora gostaria que uma pintura sua durasse mais do que essas pedras?

— Eu não poderia almejar tanto — lamentou Otoko. — Nos jardins desse templo ou na Vila Imperial Katsura, as árvores crescem e secam, oscilam com tempestades, e acredito que tenham se modificado bastante ao longo de centenas de anos. No entanto, é provável que as paisagens dos jardins de pedras tenham permanecido as mesmas.

— Mestra, eu preferiria que tudo mudasse e desaparecesse. A esta altura, meu quadro do campo de chá deve ter sido destruído pela esposa do senhor Oki por termos passado a noite juntos em Enoshima...

— Era uma pintura muito interessante...

— Acha mesmo?

— Keiko, você pretende levar todos os seus melhores quadros para o senhor Oki?

— Sim. Até completar a vingança pela senhora.

— Já disse que estou farta de ouvir sobre vingança.

— Estou ciente disso, mas não consigo entender o que sinto — disse Keiko, vivaz. — Se seria obsessão feminina, teimosia. Ou ciúmes?

— Ciúmes... — repetiu Otoko com a voz levemente trêmula, segurando os dedos da aluna.

— No fundo de seu coração, ainda existe amor pelo senhor Oki. E ele também esconde amor pela senhora. Até alguém jovem como eu pôde perceber quando ouvimos as badaladas de Ano-Novo.

Otoko não disse nada, e Keiko prosseguiu:

— O ódio de uma mulher não seria também amor?

— Keiko, por que diz isso em um lugar como esse?

— Pode ser por minha pouca idade. Vendo essas pedras, imagino o pensamento daqueles que no passado fizeram tal arranjo. Porém, não consigo lhes compreender o espírito. Centenas de anos se passaram para que as pedras adquirissem essa pátina, mas como seriam quando o jardim foi construído?

— Aos seus olhos, deve ser decepcionante.

— Se eu fosse pintá-las, alteraria o formato e usaria matizes de meu gosto, cores inquietantes, como se as pedras tivessem acabado de ser colocadas no jardim.
— Talvez você consiga pintá-las.
— Mestra, esse jardim de pedras vai perdurar para muito além de você e de mim.
— Evidente — disse Otoko e sentiu um calafrio repentino. — Não que seja eterno...
— Não me importo que minhas pinturas tenham vida curta ou que sejam logo destruídas. Basta que eu esteja perto da senhora...
— Keiko, você ainda é jovem...
— Acho que até ficaria contente se a esposa do senhor Oki rasgar ou despedaçar meu quadro do campo de chá. Saberia que teria sido movida a fazer isso por sentimentos intensos.
Otoko permaneceu em silêncio. Keiko continuou:
— Meus quadros não têm valor para ser apreciados.
— Não deveria afirmar isso...
— Não tenho talento de verdade e não quero deixar quadro algum para a posteridade. Tudo que desejo é ficar perto. Ficaria feliz em cuidar da senhora e me encarregar dos afazeres domésticos. No entanto, a senhora quis me ensinar a pintar...
Otoko estava atônita.
— É assim mesmo que você pensa?
— No meu íntimo, sim...

— Mesmo que diga isso, você tem talento, Keiko. Às vezes, chega até a me surpreender.

— Surpreender como desenhos infantis? Quando criança, os meus sempre enfeitavam a sala de aula.

— Suas pinturas são diferentes daquelas de artistas comuns como eu, você é única. Às vezes, até a invejo. Por isso, pare de dizer essas coisas!

— Está bem — concordou Keiko, obediente, com um encantador meneio de cabeça. — Enquanto puder ficar ao seu lado, irei me esforçar. Mestra, vamos falar de outra coisa.

— Você compreendeu, não?

— Sim — concordou de novo. — Se a senhora não se afastar de mim...

— Você acha que eu faria isso? — disse Otoko com firmeza. — Mas...

— Mas o quê?

— Para as mulheres, há casamento e filhos.

— Ah, isso... — Keiko sorriu alegre. — Não existem para mim.

— É minha culpa. Peço desculpas.

Otoko se virou para o lado, cabisbaixa, e arrancou a folha de uma árvore. Seguiu caminhando calada por algum tempo.

— Mestra, acha que as mulheres são criaturas dignas de pena? Um rapaz jamais se apaixonaria por uma mulher de sessenta anos, embora moças possam ficar apaixonadas de verdade por homens dessa idade, sem agir por interesse... Não acha, mestra?

Otoko hesitou para responder às palavras inesperadas.

— Creio que o senhor Oki é um caso sem esperança. Ele pensou que eu fosse uma vagabunda.

Otoko empalideceu.

— E não é só isso. Quando, no momento crítico, eu me ouvi chamando pela senhora, ele não pôde fazer mais nada. É como se eu tivesse sido insultada por sua causa, mestra Ueno.

Otoko empalideceu ainda mais e sentiu suas pernas fraquejarem.

— No hotel de Enoshima? —perguntou finalmente.

— Sim.

Otoko Ueno não conseguiu protestar.

O táxi chegou ao templo onde moravam.

— Pode-se dizer que foi isso que me salvou... — Keiko enrubesceu. — Mestra, e se eu tivesse um bebê do senhor Oki pela senhora?

Súbito, Keiko sentiu um forte tapa na face, arrancando-lhe lágrimas.

— Ah, que bom — disse. — Mestra, bata mais. Mais.

Otoko tremia.

— Bata mais... — repetiu.

— Keiko, que coisa pavorosa você está dizendo? — indagou, titubeando.

— Não seria meu filho. O bebê seria seu, mestra Ueno. Eu o carregaria e daria à luz, para presenteá-lo à senhora. Eu roubaria essa criança do senhor Oki...

Otoko desferiu outro tapa violento. Desta vez, Keiko começou a soluçar.

— Por mais que ainda o ame, a senhora não pode mais ter um filho dele. Não pode! Eu poderia, e sem sentimento algum. Seria como se a senhora tivesse dado à luz...

— Keiko — Otoko foi descalça para a varanda, onde chutou uma gaiola com vaga-lumes, que voou em direção ao jardim.

Todos os vaga-lumes pareciam ao mesmo tempo emitir uma luz branco-esverdeada quando a gaiola caiu sobre o chão forrado de musgos. O céu estava nublado ao final de mais um longo dia de verão, e uma fina névoa noturna começava a pairar sobre o jardim, apesar da claridade do dia. Parecia improvável esse brilho esbranquiçado dos vaga-lumes; talvez fosse imaginação. Otoko continuava de pé, rígida, fitando a gaiola caída no jardim, e não piscava.

O choro de Keiko havia cessado. Contendo a respiração, observava a professora de costas. Não havia tentado desviar do tapa. Sentada no tatame com as pernas dobradas, apoiava o corpo sobre a mão direita, permanecendo imóvel nessa posição. A rigidez de Otoko se parecia agora com a do corpo de Keiko. Mas foi por pouco tempo, até Omiyo surgir:

— Senhorita Ueno, bem-vinda de volta. Eu já preparei a água do ofurô.

— Ah, obrigada — disse Otoko, com a voz embargada. Sentiu a umidade fria do suor que encharcava o peito e o quimono, desagradavelmente grudado ao corpo sob o *obi*. — O dia não estava tão quente, e mesmo assim parecia tão abafado... Será que a estação de chuvas não vai acabar? Ou teria voltado? — Otoko continuou, sem se virar para Omiyo — Um banho de ofurô será revigorante.

Empregada do templo, Omiyo também cuidava de parte dos afazeres nos aposentos de Otoko. Fazia a limpeza, lavava as roupas, arrumava a cozinha e, às vezes, preparava refeições. Apesar de Otoko estar acostumada e gostar de cozinhar, quando sua mente e corpo eram tomados pela pintura, cuidar da cozinha se tornava entediante. Ao contrário do que aparentava, Keiko sabia como realçar os sabores delicados da culinária de Kyoto, embora tivesse seus caprichos. É assim que acabavam muitas vezes se limitando, no almoço e jantar, aos pratos simples preparados por Omiyo. Ela tinha cinquenta e três anos e havia seis trabalhava no templo com dedicação. Como havia ali duas outras mulheres, a mãe e a jovem esposa do mestre, Omiyo podia dedicar a maior parte do tempo ao anexo de Otoko. Era baixa e gorducha, com dobras em seus pulsos e tornozelos, como se tivessem sido amarrados com um cordão.

Com seu rosto animado e ombros largos, Omiyo avistou a gaiola de vaga-lumes no jardim.

— Senhorita Ueno, vai deixar os vaga-lumes no sereno da noite? — Ela seguiu então o caminho de pedras e se inclinou, ergueu a gaiola tombada, sem a recolher, acreditando que fora deixada ali de propósito.

Quando Omiyo se levantou, Otoko havia deixado a varanda e ido para o banho, deparando-se com Keiko. Perpassada pelo brilho de seus olhos úmidos, abaixou a cabeça, mas a face vermelha no pálido rosto da jovem indicava que algo grave havia acontecido.

— Senhorita, o que aconteceu? — perguntou finalmente.

Keiko não respondeu. Seu olhar permanecia inalterado. Podia-se ouvir o som da água correndo. Otoko devia ter aberto a água fria para temperar o banho. Talvez o ofurô já tivesse até transbordado, mas a água continuou a derramar por algum tempo.

Usando o espelho do ateliê, Keiko retocou a maquiagem com o que tinha na bolsa de mão e penteou os cabelos com um pente prateado. A penteadeira e o espelho de corpo inteiro ficavam no pequeno cômodo em frente ao ofurô.

Como Otoko havia se despido ali e estava agora no banho, Keiko evitou entrar no aposento. Da gaveta superior da cômoda, pegou o primeiro *hitoe*[3] que encontrou. Trocou a roupa de baixo, vestiu o quimono por cima do *nagajuban*.[4] Deslizou as longas mangas por entre as outras, tentando ajustar a gola, mas as mãos pareciam desajeitadas.

O nome de Otoko formou-se em seus lábios. Cabisbaixa, Keiko a vislumbrou nos motivos estampados nas mangas e

---

3. Quimono que não possui forro, permitindo mais mobilidade.
4. Peça única usada por baixo do quimono, feita geralmente de algodão ou tecido mais leve.

no corpo do quimono. Criado especialmente para Keiko, fora desenhado e tingido pela mestra.

O padrão de flores de verão era ousadamente abstrato, atípico para Otoko. Pareciam ipomeias, mas eram flores imaginárias, de cores de matizes livres como os quimonos atuais. Era fresco e jovial. Na época em que Otoko desenhou o quimono, Keiko a acompanhava de perto o tempo todo.

— A senhorita vai sair? — perguntou Omiyo, do quarto ao lado.

— Por que que está me olhando assim? — disse Keiko, sem se virar. — Venha aqui.

Keiko percebeu que Omiyo observava desconfiada sua dificuldade para ajustar a frente do quimono e amarrar a parte da cintura.

— Vai sair? — perguntou de novo Omiyo.

— Não vou.

Keiko puxou a gola do quimono com a mão direita e, com a esquerda, segurou a faixa e a parte frontal da veste, andando até o pequeno cômodo defronte ao ofurô.

— Omiyo, esqueci o *tabi*.[5] Traga-me um outro par — ordenou friamente.

No ofurô, Otoko ouviu os passos e achou que Keiko iria também se banhar:

— Keiko, a água está muito boa!

---

5. Meia usada com quimono.

Mas a jovem permaneceu diante do espelho de corpo inteiro, ajustando o *obi* no quimono. Amarrou-o tão apertado, que quase rasgou sua carne.

Calada, Omiyo deixou o *tabi* aos seus pés e saiu.

— Entre logo no banho — chamou Otoko de novo. Mergulhada até os seios na água, observava a porta de cedro, esperando Keiko entrar a qualquer momento. Não se ouvia nenhum som vindo do lado de fora, como se alguém se despisse.

Naquele momento, ocorreu a Otoko a ideia de que Keiko talvez relutasse em tomar banho com ela. De súbito perturbada, agarrou-se à borda do ofurô e saiu da água.

Será que Keiko evitava mostrar o corpo nu depois de passar a noite com Oki?

Já fazia mais de quinze dias que havia voltado de Tóquio. Durante a estadia, visitou Oki e os dois foram para Enoshima. Depois do retorno a Kyoto, Keiko havia tomado banho com Otoko várias vezes e mostrado o corpo sem nenhum embaraço. No entanto, apenas hoje, diante do jardim de pedras do Saiho-ji, havia confessado pela primeira vez que passara a noite com Oki em Enoshima. As palavras dessa confissão foram absolutamente estranhas e misteriosas.

Durante os anos de convivência cotidiana, Otoko pôde perceber quão diferente a jovem era. Sem dúvida, essa atraente estranheza de Keiko se devia em parte a Otoko que, mesmo não sendo a única responsável, havia acendido a chama dentro dela.

Ao lado do ofurô, gotas de suor brotavam da testa de Otoko. Passou a mão, estava gelada.

— Keiko, não vai entrar? — perguntou.

— Não.

— Não mesmo?

— Não.

— Podia ao menos limpar o suor...

— Eu não estou suada.

Otoko se manteve em silêncio.

— Mestra, peço que me desculpe. Perdoe-me... — A voz de Keiko era límpida.

— Perdoe-me... — Otoko ecoou. — Eu é que agi mal, devo lhe pedir desculpas.

Keiko não disse nada.

— O que está fazendo aí de pé?

— Estou amarrando o *obi*.

— Como? Amarrando o *obi*? Para quê? — perguntou Otoko, desconfiada, e se apressou em enxugar o corpo.

Ao abrir a porta de cedro e sair, viu Keiko, encantadora em um quimono.

— Ora, mas vai sair?

— Vou.

— Para onde?

— Não sei — disse Keiko, com o usual brilho dos olhos tomado pela tristeza.

Como se envergonhada de sua própria nudez, Otoko cobriu-se com o *yukata*.[6]

— Vou com você.

— Está bem.

— Você se importa?

— Claro que não, mestra. — Keiko deu-lhe as costas. Seu perfil se refletia no espelho. — Ficarei à sua espera.

— É mesmo? Então vou me arrumar logo. Com licença.

Otoko passou ao lado de Keiko e se sentou na frente da penteadeira. Entreolharam-se pela imagem refletida no espelho.

— Que tal irmos a Kiyamachi? No restaurante da senhora Ofusa? Telefone e, se não conseguir uma mesa no terraço, peça a sala de quatro tatames do primeiro andar. Mas não importa, pode ser qualquer uma, desde que voltada para o rio... Se não for possível, podemos ir a outro lugar.

— Está bem — concordou Keiko. — Mestra, quer que eu lhe traga água gelada?

— Sim. Pareço estar com tanto calor assim?

— Parece.

— Não se preocupe... — disse Otoko despejando um pouco de loção facial na palma da mão esquerda.

Ao beber a água gelada que Keiko trouxe, sentiu descer um frescor pelo peito.

---

6. Tipo de quimono mais leve e casual, em geral feito de algodão ou tecido sintético estampado.

Era preciso pedir para usar o telefone do templo; quando Keiko voltou, Otoko ainda se apressava em se vestir.

— A senhora Ofusa disse que teremos uma mesa no terraço se chegarmos antes das oito e meia.

— Antes das oito e meia? — murmurou Otoko. — Está bom para nós, não? Se chegarmos cedo, podemos jantar com calma.

Otoko aproximou os espelhos laterais da penteadeira para observar os cabelos.

— Vou deixar meus cabelos do jeito que estão.

Keiko concordou e pousou as mãos sobre a parte de trás do *obi* de Otoko para arrumar com cuidado as costas do quimono.

Lótus em meio às chamas

Na obra *Cenas famosas da capital*[1], a passagem "O ar fresco do entardecer em Shijo Kawara" é com frequência citada para descrever o desfrute das noites de verão às margens do rio Kamo:

> As casas de prazer de leste a oeste instalavam deques às margens do rio, onde as lanternas brilhavam como estrelas e eram servidos banquetes ao luar para os convivas acomodados em baixos assentos. As toucas roxas dos atores de [teatro] Kabuki balançavam ao sabor do vento; tímidos sob a claridade da lua, esses belos e elegantes jovens manuseavam o leque de modo sedutor, sem que ninguém conseguisse desviar deles o olhar. As cortesãs, no auge de sua

---

1. Corografia sobre Kyoto publicada em 1780, com texto do poeta Akisato Rito e ilustrações em xilogravura de Takehara Shunchosai.

beleza, pareciam mais adoráveis que os hibiscos, e indo de lá para cá, emanavam um delicado perfume de almíscar e orquídeas...

E havia também os contadores de histórias cômicas, imitadores e outros artistas:

Teatro de macacos, rinha de cães, acrobacias com cavalos, malabarismo com almofadas e equilibrismo sobre cordas, no estilo de Kirin, com bambus. Ouviam-se os gritos de vendedores ambulantes, o som da volumosa cachoeira que refrescava o restaurante de *tokoroten*[2] e o límpido tilintar dos sinos de vento que acolhiam a fresca brisa da noite. Exóticos pássaros do Japão e da China e animais ferozes das montanhas eram reunidos e expostos, enquanto pessoas de todos os tipos se juntavam para se regalar e beber à beira do rio...

No verão de 1690, Bashô[3] visitou o local e escreveu:

Nos terraços que se alinham às margens de Shijo Kawara, o desfrute da brisa das noites de verão vai do pôr do sol até o amanhecer para comer, beber

---

2. Gelatina de ágar-ágar cortada em tiras largas como macarrão.
3. Matsuo Bashô, célebre poeta japonês (1644-1694).

e se divertir. As mulheres trajam seus *obi* com laços grandiosos, os homens vestem seus *haori*[4], também monges e anciãos se misturam à multidão, e até aprendizes de tanoeiros e ferreiros cantam e sorriem. Sem dúvida, uma cena digna da capital.

Ele compôs:

> Brisa do rio
> Quimono da suave cor do caqui
> Entardecer de verão.

E concluiu assim o relato:

> Entretenimentos variados ocupavam as margens do rio, uma variedade rara e curiosa, iluminada pela luz das lanternas, lampiões e fogueiras, tão brilhantes como se fosse dia.

No final da era Meiji, o leito do rio foi aprofundado, e na era Taisho[5], na margem leste passou a correr a linha férrea Kyohan. Para Otoko, hoje apenas as varandas de Kamikiyamachi, Pontocho e Shimokiyamachi ainda guardavam reminiscências daquelas antigas noites de verão. Dentre os

---

4. Jaqueta tradicional com mangas largas e gola estreita.
5. Período que corresponde ao reinado do imperador Taisho (1912-1926).

textos que as evocavam, lembrava de um trecho em particular: "As toucas roxas dos atores de Kabuki balançavam ao sabor do vento; tímidos sob a claridade da lua, esses belos e elegantes jovens manuseavam o leque de modo sedutor". Otoko imaginava essas figuras iluminadas pelo luar, tão fascinantes para os demais.

Quando viu Keiko pela primeira vez, pensou nos jovens atores de Kabuki.

Sentada agora na varanda de Fusayaka, a casa de chá de Ofusa, tornou a lembrar. Seria provável que os atores de Kabuki fossem mais femininos e sedutores do que a Keiko do primeiro encontro, com seu jeito de menino. Mais uma vez, Otoko percebeu como fora responsável por transformar Keiko em quem era hoje.

— Você se lembra de quando visitou minha casa pela primeira vez? — perguntou.

— Ah, mestra, não vamos falar mais disso.

— Foi como a aparição de um espírito.

Keiko pegou a mão de Otoko, pegou seu dedo mindinho e o mordeu, olhando para ela de modo furtivo. E sussurrou:

— Era uma noite de primavera, e você veio caminhando como se flutuasse em meio à névoa azul-celeste do jardim...

Eram as próprias palavras de Otoko. Por causa da névoa do anoitecer, a jovem se parecera ainda mais com um espírito. Keiko não as havia esquecido e repetia.

Já haviam tido essa conversa algumas vezes e sabia que Otoko se sentia atormentada pela culpa e pelo arrependimento de ter se apegado à aluna, sentimentos que, no entanto, serviam apenas para aumentar a misteriosa força que esse mesmo apego exercia sobre ela.

Na casa de chá do lado sul de Fusayaka, lanternas de papel foram dispostas nos quatro cantos da varanda onde uma gueixa e duas *maiko* atendiam um cliente gordo e calvo, não muito idoso. Ele olhava para o rio enquanto concordava, sem interesse, com o que as *maiko* diziam. Talvez estivesse à espera de alguém ou do simples anoitecer. As lanternas haviam sido acesas cedo demais e pareciam inúteis diante da preponderante luz do dia.

A varanda do estabelecimento vizinho era próxima e podia ser alcançada se se estendesse o braço. Como nos demais restaurantes, os terraços se projetavam sobre o estreito rio Misosogi, ao longo da parede de pedras da margem oeste do rio Kamo, sem cobertura nem divisórias. A visão era ampla, alcançando da varanda vizinha até as mais distantes, acentuando a sensação de frescor à beira do rio.

Sem se importar se era vista pelos clientes vizinhos, Keiko mordeu com mais força o dedo mindinho de Otoko. A dor perpassou todo o seu corpo, mas ela não moveu o dedo, permanecendo calada. Podia sentir a língua de Keiko tocando-lhe a ponta. A jovem o retirou da boca e disse:

— Não está nem um pouco salgado, mestra. É por ter tomado banho antes...

A vista que se alongava do rio Kamo até o bairro vizinho de Higashiyama atenuou a irritação que fizera Otoko chutar o cesto de vaga-lumes. Mais tranquila, pensou se não era culpada por Keiko ter passado a noite com Oki em Enoshima.

Keiko havia acabado os estudos secundários quando foi pela primeira vez à casa de Otoko. Disse que para se apaixonar pela artista tinha bastado ver seu quadro em uma exposição em Tóquio e sua foto em uma revista.

Nesse ano, uma obra de Otoko, integrante de uma exposição em Kyoto e exibida apenas na região de Kansai, havia sido premiada, tornando-se famosa, em parte, devido aos elementos de sua composição.

Otoko pintara duas *maiko* jogando pedra, papel e tesoura, inspirada em uma foto trucada de 1877. Na imagem original, as duas que brincam são uma mesma Okayo, famosa gueixa de Gion, vestidas de modo idêntico. A *maiko* à direita, com as duas mãos abertas, é vista de frente, enquanto a outra, de mãos fechadas, está parcialmente de perfil. Otoko havia apreciado a composição das mãos, o contraste entre as posturas e expressões faciais das duas; a *maiko* da direita tinha o polegar muito afastado do indicador, enquanto os outros dedos se curvavam para trás. Otoko ficou fascinada pelo traje ao estilo antigo, de estampas grandes dos ombros até as mangas, embora as cores não pudessem ser definidas na foto em preto e branco. Entre as duas *maiko*, havia uma chaleira de ferro e um *choshi*[6] sobre um braseiro de

---

6. Utensílio parecido com uma chaleira, usado para servir saquê.

madeira quadrado que, parecendo comuns e desnecessários à pintura, haviam sido eliminados por Otoko.

A pintura retratava a mesma *maiko*, desdobrada em duas, jogando pedra, papel e tesoura. Otoko pretendia mostrar que uma *maiko* havia se tornado duas, e duas se tornado uma, ou ainda, a estranha sensação de que, na verdade, não era uma nem duas. Havia algo assim também na antiga fotografia trucada. Para evitar que a pintura resultasse banal, Otoko se debruçou bastante sobre o rosto das jovens. As vestes de estampas decorativas pareciam ser compostas de várias camadas, ajudando assim a destacar vividamente as quatro mãos. Mesmo sem fazer uma reprodução fiel, muitos em Kyoto logo reconheceram a foto da famosa gueixa da era Meiji.

Um *marchand* de Tóquio, interessado em pinturas de gueixas, visitou Otoko e propôs que expusesse em Tóquio obras de pequena dimensão. Foi nessa época que Keiko viu o quadro e soube o nome da artista.

O mesmo quadro das *maiko* ganhou destaque em Kyoto e Osaka, fazendo com que uma revista semanal lhe dedicasse uma reportagem, também incentivada pela beleza da pintora. O fotógrafo e o repórter a levaram por toda cidade e tiraram muitas fotos. Na verdade, Otoko é quem os conduziu, já que queriam conhecer seus lugares preferidos. A reportagem especial cobriu três páginas da revista de grande formato e incluía uma foto do quadro das *maiko* e uma do rosto da artista. No entanto, a maioria das imagens eram paisagens de Kyoto, nas quais a presença de Otoko tinha pouca importância. O repórter talvez só tenha se deixado guiar para que ela, moradora da cidade, lhe mostrasse lugares pouco conhecidos. Não que Otoko tenha se sentido injustamente usada, afinal haviam publicado três páginas, mas percebeu que a motivação maior da reportagem eram os lugares fora dos itinerários comuns de Kyoto.

Sem familiaridade com a cidade, Keiko não sabia que as fotos na revista eram de encantos pouco prestigiados pelos turistas e viu apenas a beleza da artista. Ficou fascinada por Otoko.

E assim, em meio à névoa de um suave entardecer azul-celeste, é que Keiko surgiu diante de Otoko pedindo para que a acolhesse e lhe ensinasse pintura. O fervor desse apelo impressionou Otoko. Em um impulso súbito de desejo, a jovem lançou os braços ao seu redor, fazendo-a se sentir envolta por um espírito.

— Seus pais estão de acordo com algo tão intempestivo? Caso contrário, não posso lhe dar uma resposta — disse Otoko.

— Tanto meu pai como minha mãe estão mortos. Eu decido por mim mesma — respondeu Keiko.

Otoko olhou para ela, incerta, e perguntou:

— Mas você não tem um tio, uma tia? Ou irmãos?

— Sou um estorvo para a família de meu irmão mais velho. Depois que tiveram um filho, a situação piorou ainda mais.

— Por causa do bebê?

— É claro que gosto muito dele. Mas eles não apreciam o meu jeito de mimá-lo.

Quatro ou cinco dias depois de Keiko estar acomodada na casa, Otoko recebeu uma carta do irmão dizendo que a deixava aos seus cuidados, apesar de ser uma moça um pouco obstinada e bravia, e não servir sequer como uma boa empregada. Enviou também roupas e objetos de uso pessoal. Diante de seus pertences, percebia-se que Keiko pertencia a uma família abastada.

Passado pouco tempo de convivência, Otoko logo entendeu que devia haver algo de anormal no modo como Keiko mimava o bebê e que desagradava ao irmão e à cunhada.

Fazia sete ou oito dias de sua chegada quando insistiu para que Otoko arrumasse seu cabelo do jeito que mais lhe agradasse. Enquanto alisava os fios, sem querer, puxou com força uma mecha.

— Mestra, puxe mais forte... — pediu Keiko. — Puxe até me suspender pelos cabelos...

Otoko se afastou um pouco. Keiko virou a cabeça, beijou-lhe o dorso da mão e a mordeu.

— Mestra, quantos anos tinha quando deu seu primeiro beijo?

— Mas que pergunta é essa?!

— Eu tinha quatro anos. Lembro-me muito bem. Foi um tio distante, parente de minha mãe, devia ter uns trinta anos na época. Eu gostava dele. Uma vez, eu o vi sentado na sala de tatames da casa, me aproximei devagarinho e lhe dei um beijo. Assustado, ele limpou a boca com a mão.

Sentada na varanda da casa de chá do rio Kamo, Otoko se lembrou também desse episódio. Os lábios de Keiko, que beijaram um homem aos quatro anos de idade, agora pertenciam a Otoko e nesse instante prendiam seu dedo mindinho.

— Mestra, lembro da chuva de primavera na primeira vez que me levou ao monte Arashi — disse Keiko.

— É verdade.

— E daquela senhora do restaurante de *udon*...[7]

Dois ou três dias após acolher Keiko em Kyoto, Otoko a levou para ver os templos Kinkaku-ji e Ryoan-ji, passando pelo monte Arashi. Entraram em um restaurante de *udon* à margem do rio, um pouco acima da ponte de Togetsu. A proprietária do restaurante lamentou que estivesse chovendo.

— Eu gosto! É uma agradável chuva de primavera — respondeu Otoko.

— Ah, obrigada, minha senhora — disse a proprietária, fazendo uma leve reverência.

Keiko olhou para Otoko e sussurrou:

— É pelo tempo que ela lhe agradeceu?

— Como?! — Otoko não havia percebido o que Keiko lhe apontava naquela resposta. — Sim, tem razão. Pelo tempo...

---

7. Tipo de macarrão grosso feito a base de farinha.

— Interessante. Gosto da ideia de agradecer pelo tempo — continuou Keiko. — É assim que as pessoas fazem em Kyoto?

— Pode ser. Talvez sim.

De fato, era possível interpretar dessa maneira aquelas palavras. Otoko não disse gostar apenas por polidez, mas por realmente apreciar o monte Arashi sob a suave chuva de primavera. A proprietária agradeceu por essas palavras, seja em nome do tempo ou do monte. Devia ser uma atitude natural para alguém que possui um restaurante nesse lugar, mas Keiko havia considerado como algo inusitado.

— Que delícia, mestra! Gostei deste restaurante de *udon* — disse Keiko.

Devido à chuva, Otoko havia contratado um táxi por quatro horas e foi o motorista quem sugerira o local.

Embora fosse a época da floração das cerejeiras, havia poucos turistas por causa da chuva, e esse era um dos motivos para Otoko tê-la achado boa. Na primavera, a chuva era fina como névoa e suavizava os contornos da montanha do outro lado do rio, embelezando-a ainda mais. Após deixarem o restaurante, caminharam até o local onde o táxi as esperava, admirando a paisagem e sem guarda-chuva, mal notando que suas roupas se molhavam. Assim que as gotículas caíam sobre o rio, desapareciam sem deixar vestígios. Na montanha, a chuva suavizava as cores das cerejeiras, com suas flores mescladas às novas folhas verdes.

Não apenas o monte Arashi tinha sua beleza engrandecida pela chuva de primavera, mas também os templos Kokedera e Ryoan-ji. No jardim do templo, havia uma camélia vermelha caída sobre as pequeninas flores brancas de andrômeda japonesa[8] espalhadas entre o musgo úmido e brilhante. A camélia, voltada para o céu, parecia ter brotado sobre o verde salpicado de branco. As pedras do jardim do Templo Ryoan-ji cintilavam em variadas tonalidades, molhadas.

— Antes de serem utilizados para os arranjos de flores da cerimônia do chá, os vasos de cerâmica Koiga são umedecidos. É o mesmo efeito dessas pedras — disse Otoko, embora Keiko não conhecesse esse estilo de cerâmica e fosse indiferente aos matizes das pedras do jardim diante de seus olhos.

Mesmo assim Keiko prestou atenção e ficou impressionada quando Otoko lhe apontou as gotas de chuva nos jovens pinheiros ao longo do caminho para o templo. Na extremidade de cada folha pontiaguda, pendurava-se uma pequena gota. Parecendo caules com botões de orvalho em flor, eram uma delicada floração da chuva primaveril, despercebida a olhos desatentos. Gotas pendiam também das folhas do bordo, brotadas há pouco e ainda fechadas.

Gotas de chuva suspensas em folhas de pinheiro não eram exclusividade dali e podiam ser vistas em qualquer lugar, mas foi a primeira vez que Keiko realmente as notou

---

8. Nome científico: *Pieris japônica*. O formato das flores lembra gotas.

e lembraria da cena como algo típico de Kyoto. As gotas nos pinheiros e a gratidão da senhora do restaurante de *udon* foram suas primeiras impressões da cidade. Tinha acabado de chegar e não apenas via Kyoto, mas a via em companhia de Otoko.

— Como estará aquela senhora do restaurante? — indagou Keiko. — Desde então não voltamos ao monte Arashi.

— É verdade. No inverno, o monte Arashi é diferente daquele da primavera e do outono. É a época mais bonita... O rio adquire um aspecto não só gélido, mas profundo. Vamos lá algum dia.

— Teremos que esperar até o inverno?

— O inverno já se aproxima.

— Claro que não! Não estamos sequer no auge do verão e depois ainda vem o outono...

— Não importa quando — riu Otoko. — Podemos ir amanhã...

— Vamos amanhã, mestra! Direi para a senhora do restaurante de *udon* que aprecio o monte Arashi no verão também. É provável que me agradeça, mas desta vez pelo clima quente.

— E pelo monte Arashi!

Keiko contemplou o rio.

— Mestra, quando o inverno chegar, nenhum casal irá caminhar pelas margens do rio.

Muitos jovens casais circulavam nas duas barreiras utilizadas como passeios que separavam o rio Kamo, o Misosogi, onde ficam as varandas, e o canal leste. Era raro ver pessoas acompanhadas por crianças, dando a impressão de se tratar de encontros às escondidas. Jovens andavam abraçados e sentavam-se à beira do rio, encostados um no outro. Atraídos pelo anoitecer, o número de casais aumentava.

— Faz muito frio aqui no inverno, não sei se vamos aguentar — disse Otoko.

— Não sei se irá perdurar até o inverno.

— O quê?

— O amor dessas pessoas... Não sei quantos, mas certamente alguns desses casais não irão querer se encontrar até o inverno.

— É nisso que está pensando? — perguntou Otoko.

Keiko assentiu.

— Por que precisa pensar nessas coisas? — quis saber Otoko. — Você é ainda tão jovem...

— Porque não sou tão boba quanto a senhora que, depois de vinte anos, continua a amar aquele que estragou sua vida.

Otoko permaneceu em silêncio.

— A senhora foi abandonada pelo senhor Oki. Por que ainda não compreende isso?

— Pare de falar desse modo horrível.

Otoko se virou, desviando o olhar. Keiko estendeu a mão para lhe ajeitar alguns fios de cabelo soltos na nuca:

— Mestra, por que não me abandona?

— O quê?

— A senhora só tem a mim para abandonar. Tente, me abandone...

— Abandonar? O que quer dizer com isso? — Otoko parecia querer se afastar, mas a encarou diretamente. E puxou de volta os fios soltos que Keiko tinha acabado de arrumar.

— Da mesma forma como o senhor Oki fez com a senhora. — disse Keiko com obstinação, mirando o fundo de seus olhos. — A senhora nunca pensou ter sido abandonada por não querer aceitar o abandono.

— Abandonar ou ser abandonada... não são palavras desagradáveis?

— São boas por serem esclarecedoras. — Com um estranho brilho no olhar, Keiko perguntou: — Então, mestra, o que diria que o senhor Oki fez com a senhora?

— Ele se separou de mim.

— Mas você não se separou. Mesmo agora, ele ainda habita dentro da senhora, assim como a senhora continua dentro dele.

— O que está querendo dizer, Keiko? Não consigo entender.

— Mestra, achei que hoje a senhora me abandonaria.

— Mas eu já pedi desculpas pelo que aconteceu em casa, não pedi?

— Fui eu que me desculpei.

Para fazer as pazes, Otoko a levara para a varanda da casa de chá em Kiyamachi, mas poderiam verdadeiramente se reconciliar? O temperamento de Keiko não se mostrava afeito a um amor sereno e então desobedecia, brigava e emburrava. Otoko tinha se sentido ferida quando ela lhe confessara ter passado a noite com Oki em Enoshima. Apesar de parecer estar em suas mãos, Keiko agora havia se transformado em uma criatura que a desafiava de forma aberta. Mesmo tendo dito que se vingaria de Oki por sua causa, aos olhos de Otoko parecia que era dela que Keiko queria se vingar. Além disso, sentiu um novo desespero surgir em relação a Oki. Dentre todas as outras mulheres que poderia escolher, como tinha ousado se envolver com sua aluna?

— Mestra, não vai me abandonar? — perguntou Keiko mais uma vez.

— Se quer tanto ser abandonada, então farei isso. Seria melhor para você.

— Não. Detesto quando fala desse jeito. — Keiko balançou a cabeça de forma negativa. — Eu não estava pensando em mim. Enquanto estiver perto da senhora...

— Seria melhor para você se eu me afastasse — disse Otoko, esforçando-se para se manter calma.

— Em seu coração, já está distante de mim?

— Claro que não.

— Fico contente, mestra. Me sentia tão infeliz por achar que pudesse estar.

— Mas a ideia foi sua.

— Minha? Abandonar a senhora?

Otoko não respondeu.

— Nunca — disse Keiko, pegou a mão de Otoko com ímpeto e mordeu mais uma vez seu dedo mindinho.

— Ai! — Otoko encolheu o ombro e retirou a mão. — Isso dói!

— Eu quis mesmo que doesse.

A garçonete trouxe o jantar à mesa, e, de modo pouco educado, Keiko virou o rosto na direção das luzes no topo do monte Hiei. Enquanto os pratos eram servidos, Otoko trocou algumas palavras de cortesia, cobrindo a mão com a outra para esconder alguma possível marca deixada pela mordida da aluna.

Quando a garçonete voltou para o interior do estabelecimento, Keiko pegou o hashi, partiu um pedaço do *hamo* do *suimono*[9] e o levou à boca. Disse então, cabisbaixa:

— Mestra, a senhora deveria me abandonar.

— Mas como você é teimosa!

— Acho que nasci para ser abandonada por quem eu amo. Mestra, acha mesmo que sou teimosa?

Otoko não respondeu. Ao considerar se uma mulher poderia ser mais insistente em relação a outra do que a um homem, sentiu que as usuais e amargas recordações vinham à tona, como agulhas prestes a perfurá-la. O mindinho mordido não doía mais, e mesmo assim sentiu pontadas. Teria ela própria ensinado à aluna como lhe infligir dor?

---

9. *Suimono* é uma sopa clara. *Hamo* é uma espécie de enguia, servida tradicionalmente no verão de Kyoto.

Certo dia, logo depois que passou a morar com ela, Keiko correu apressada da cozinha enquanto preparava uma fritura.

— Mestra, o óleo respingou...
— Você se queimou?
— Está ardendo! — indicou e estendeu-lhe a mão. A ponta do dedo estava avermelhada; Otoko examinou-a.
— Não parece grave — disse, enquanto levava o dedo da aluna à boca. Ao toque em sua língua, Otoko rapidamente o retirou. Em seguida, foi Keiko quem o enfiou em sua própria boca.
— Mestra, devo lamber?
— Keiko, e a fritura?
— Ah, é mesmo! — Keiko voltou correndo para a cozinha.

Certa noite — quanto tempo havia transcorrido desde então? —, Otoko começou a roçar os lábios sobre as pálpebras fechadas de Keiko, mordiscou também suas sensíveis orelhas, fazendo-a se contorcer e gemer. A reação da jovem a fez continuar.

Durante todo o tempo, Otoko se lembrava de que Oki havia feito o mesmo com ela. Talvez pelo fato de ela ser ainda tão jovem, ele não tivera pressa em lhe tocar os lábios. Beijou então sua testa, as pálpebras e o rosto, fazendo com que Otoko se tranquilizasse e, aos poucos, se submetesse. Otoko e Keiko pertenciam ao mesmo sexo, e a aprendiz era agora só dois ou três anos mais velha do que Otoko quando esta se relacionou com Oki, mas se mostrava entregue com mais rapidez e intensidade.

A lembrança de que acariciava a aluna do mesmo modo que Oki no passado provocava um sufocante remorso em Otoko, bem como um estremecimento de prazer.

— Não! Não faça isso, por favor! — pedia Keiko enquanto seus seios nus roçavam os de Otoko. — E seu corpo não é igual ao meu?

Otoko recuou de repente.

Keiko a segurou mais de perto.

— Não é verdade? É igual ao meu!

Otoko não disse nada.

— É igual, não é, mestra?

Otoko suspeitou que Keiko pudesse não ser virgem e ainda não havia se acostumado com suas investidas verbais que a pegavam desprevenida.

— Não somos iguais — sussurrou Otoko, enquanto a mão de Keiko procurava por seus seios em um gesto que, mesmo sem hesitação, parecia um pouco desajeitado.

— Não.

Otoko agarrou a mão de Keiko.

— Mestra, não é justo. Não é justo. — Keiko apertou os dedos com força.

Vinte anos antes, quando Oki tocou os seios de Otoko, ela tinha dito: "Não! Não faça isso, por favor!" Essas mesmas palavras apareceram no livro de Oki, *Uma garota de dezesseis anos.* Jamais se esqueceria delas, e assim, escritas, pareciam ter conquistado vida própria.

Agora, Keiko repetia exatamente as mesmas palavras. Seria por ter lido o livro? Ou por ser o tipo de coisa que uma garota diz nessa situação?

O livro trazia a descrição dos seios de Otoko, bem como a insinuação de Oki de que poder tocar algo tão encantador seria uma dádiva divina, felicidade rara.

Como Otoko não pudera amamentar o bebê, seus mamilos mantiveram sua coloração intensa. Não haviam esvanecido mesmo vinte anos depois, embora, a partir dos trinta e três anos, seus seios tivessem começado a murchar.

No banho, Keiko tinha notado aqueles seios murchos e então se certificou ao tocá-los. Otoko pensou que ela fosse fazer alguma menção, mas a aluna não disse nada. Assim como não disse nada quando os seios da mestra responderam às suas carícias, acesos. Apesar de poder ser uma vitória, o silêncio de Keiko não deixava de ser um pouco estranho.

Às vezes Otoko sentia que o enrijecimento dos seios podia ser algo devasso e doentio, o que lhe dava vergonha, sendo, no entanto, maior a surpresa diante da transformação de seu corpo quase aos quarenta anos. Claro que essas mudanças eram distintas daquela dos dezesseis para os dezessete anos, quando engravidara de Oki.

Há mais de vinte anos, desde a separação dos dois, seus seios não haviam sido acariciados por homem algum. Durante esse tempo, perderam-se seus dias de juventude, bem como seu esplendor feminino. E quem voltou a tocá-los foi Keiko — uma mulher.

Depois de ser levada pela mãe para Kyoto, Otoko tivera muitas oportunidades de relacionamentos amorosos e propostas de casamento. Mas havia evitado todos. Ao perceber que um homem estava apaixonado por ela, as recordações de Oki retornavam ainda mais vividamente. Mais do que meras lembranças, as recordações tornavam-se bastante reais. Quando se separaram, Otoko achou que jamais se casaria. Tomada pela tristeza, não conseguia sequer planejar o dia seguinte, quanto mais imaginar um distante casamento. A ideia de se manter solteira pelo resto da vida acabou por se radicar em sua mente, tornando-se imutável com o decorrer dos anos.

Era evidente que a mãe de Otoko desejava que a filha se casasse. Decidira se mudar para Kyoto para afastá-la de Oki e acalmar seu coração, sem que houvesse intenção de morar para sempre na cidade.

A mãe cuidava da filha com carinho, observando seu comportamento. Quando tinha dezenove anos, Otoko recebeu pela primeira vez uma proposta. Era noite do Memorial de Mil Luzes[10] no Templo Adashino Nenbutsu-ji, na planície de Saga.

---

10. Evento realizado no templo mencionado em 23 e 24 de agosto. Os visitantes acendem velas para as mais de mil estátuas de pedra, que representam mortos desconhecidos, e rezam por seus espíritos.

Pequenas e enfileiradas, um grande número de pedras funerárias demarcavam aqueles que não tinham quem os lamentasse, fazendo pairar uma sensação de mortalidade no *Saiin no kawara*[11], onde fluía o rio do mundo dos mortos. Vendo as mil luzes das velas acesas em memória desses mortos, a mãe de Otoko não conteve as lágrimas. As chamas tênues em meio à escuridão da noite fizeram recrudescer a melancolia das lápides de pedra. Otoko havia percebido que a mãe chorava, mas permaneceu calada.

Estava escuro quando voltaram pelo estreito caminho em meio às casas.

— Que triste — disse a mãe. — Você não se sente triste, Otoko?

A mãe usara a palavra "triste" duas vezes, mas os sentidos pareciam diferentes. Ela então contou sobre a proposta de casamento que havia recebido de um conhecido de Tóquio.

— Lamento pela senhora, mas não posso me casar — disse Otoko.

— Não existe mulher que não possa se casar.

— Existe.

— Se você não se casar, não teremos quem nos sepulte.

— Não sei o que quer dizer.

— São os mortos que não têm quem chore por eles.

---

11. Área do Templo Adashino Nenbutsu-ji onde estão dispostas cerca de oito mil estatuetas esculpidas em pedra, representando e homenageando Buda e/ou crianças indigentes.

— Eu sei. Mas não sei o que quer dizer com isso.
A mãe de Otoko ficou em silêncio.
— Está falando da vida após a morte?
— Não precisa ser após a morte. Uma mulher que não tem marido nem filhos viverá como esses defuntos. Imagine se eu não tivesse tido uma filha chamada Otoko. Você ainda é jovem... — a mãe hesitou um pouco. — Você vive desenhando o rosto do bebê, não? Até quando pretende fazer isso?
Otoko não respondeu.
A mãe contou tudo a respeito do pretendente. Era um bancário.
— Se tiver vontade de conhecê-lo, vamos para Tóquio.
— O que a senhora acha que vejo depois de ouvir isso? — perguntou Otoko.
— Ver? Como assim?
— Barras de ferro. Vejo as barras de ferro da janela do hospital psiquiátrico.
A mãe se assustou e calou.
Depois disso, Otoko ainda recebeu duas ou três propostas de casamento enquanto sua mãe era viva.
— De que adianta continuar pensando no senhor Oki? — disse, tentando convencer a filha. Soava mais como um apelo do que um conselho. — Não há o que fazer para que ele fique com você, Otoko. Esperar por alguém que não virá é o mesmo que esperar pelo passado. Nem o tempo nem as águas correrão para trás.

— Não estou esperando por ninguém — respondeu Otoko.
— Mas você continua pensando nele. Não consegue esquecê-lo?
— Não, não é isso.
— Tem certeza?
Otoko se manteve em silêncio.
— Você era tão jovem e inocente quando se envolveu com o senhor Oki. Por isso a ferida foi assim profunda e a cicatriz pode jamais desaparecer. Antes eu lhe guardava rancor por ter sido tão cruel com uma menina.

As palavras da mãe marcaram o coração de Otoko. Indagava se devido a sua pouca idade e inocência é que pudera amar daquele modo. Talvez por isso seu arrebatamento cego tenha sido inevitável. Quando tomada pelos espasmos, mordia os ombros de Oki, sem perceber que sangravam.

Os dois haviam se separado, e Otoko já morava em Kyoto quando se surpreendeu ao ler o trecho de *Uma garota de dezesseis anos* em que, durante o trajeto para se encontrar com ela, Oki pensa em como farão amor e depois age de acordo com o planejado. Foi um choque descobrir que isso podia fazer o peito de um homem pulsar de alegria. Uma jovem passiva e inexperiente como Otoko jamais imaginaria que ele pudesse antecipar método e ordem a serem seguidos. Ela apenas o deixava fazer o que quisesse e obedecia ao que lhe era solicitado. Sua juventude não permitia suspeitar de nada. Oki a descreveu como uma garota incomum:

a mulher dentre as mulheres. Graças a ela, havia amado de todas as formas possíveis.

Otoko se sentiu humilhada ao ler a passagem. Todavia, não conseguia reprimir a memória viva da maneira como se deitava com ele: seu corpo se enrijecia e começava a tremer. Assim que se acalmava, uma sensação de prazer e contentamento se espalhava por todo o seu corpo. O amor do passado revivia no presente.

Otoko não teve apenas a visão da janela gradeada do quarto do hospital no caminho de volta do Memorial de Mil Luzes de Adashino. Também se viu nos braços de Oki.

Se ele não tivesse escrito sobre isso em seu romance, talvez a lembrança não permanecesse vívida em sua memória por tanto tempo.

Otoko empalideceu de raiva, ciúmes e desespero quando Keiko contou que em Enoshima, Oki não conseguira fazer mais nada após ela ter chamado pelo seu nome. No fundo, sentia que Oki podia ter se lembrado dela. Mesmo que não fosse consciente, não poderia ter surgido naquele instante a imagem nítida de Otoko em seus braços?

Com o passar dos anos, a visão de ser abraçada por Oki havia gradualmente se purificado em sua lembrança, passando de física a espiritual. Ela não era mais pura. Oki também não. Para a Otoko de hoje, no entanto, os abraços de vinte anos atrás eram imaculados. Essa memória, fosse realidade ou ilusão, era a imagem sagrada e sublimada de seu amor.

Quando rememorou aquilo que Oki lhe ensinara no passado, repetindo o ato com Keiko, Otoko temeu que essa imagem sagrada fosse manchada ou mesmo destruída.

Keiko tinha o costume, mesmo na frente de Otoko, de usar creme depilatório, passando-o nos tornozelos, braços e axilas. Nos primeiros meses morando com a mestra, a jovem se depilava às escondidas e a sala de banho exalava um odor estranho.

— O que está fazendo? Do que é esse cheiro? — perguntava Otoko, mas Keiko não respondia. Com a pele lisa e sem pelos, Otoko não conhecia nem precisava de cremes depilatórios.

A primeira vez viu que Keiko ajoelhada, passando o creme, Otoko se assustou e franziu o cenho:

— Que cheiro ruim é esse?

E ao ver os pelos saindo junto com o creme, disse, cobrindo os olhos:

— Ah, isso é horrível! Pare, pare! Me dá arrepios!

Ela realmente tremia.

— Mas que coisa horrível! Por que faz isso?

— Mestra, todas as mulheres se depilam.

Otoko calou-se.

— Não sentiria repulsa ao tocar em partes do corpo com pelos?

Otoko permaneceu em silêncio.

— Sou mulher, afinal...

Era para Otoko que Keiko se depilava, para que sua pele estivesse sedosa quando a tocasse. Otoko, por seu lado, sentiu-se angustiada pela repulsa à visão da jovem se depilando e pelos sentimentos revelados nas palavras da aluna. Mesmo depois de Keiko tirar todo o creme do corpo, Otoko ainda podia sentir na sala de banho o mau cheiro que lhe incomodava as narinas.

Keiko se aproximou de Otoko, esticou a perna e puxou a barra da veste, pedindo:

— Toque, mestra. Sinta como está macia. — Otoko apenas olhou de relance para a perna branca, mas não a tocou. Enquanto afagava com a mão direita o próprio tornozelo, Keiko perguntou:

— Mestra, por que essa cara de preocupação? — disse, observando-a, resignada. Otoko desviou seu olhar.

— Keiko, da próxima vez, não faça isso na minha presença.

— Não quero esconder mais nada da senhora. Não tenho mais segredos.

— Mas não precisa mostrar o que não aprecio ver.

— A senhora se acostuma. É o mesmo que cortar as unhas dos pés.

— Cortar e lixar as unhas na frente de outras pessoas é falta de educação. Quando você corta as unhas, elas saltam... Deve-se evitar com a mão.

— Está bem — concordou Keiko.

Depois disso, passou a não depilar braços e as pernas na frente dela, mas também não se escondia. Otoko nunca se acostumou, contrariando o que a jovem havia dito. Talvez tivesse mudado de marca ou o creme é que mudara de fórmula, mas não sentia o mau cheiro tanto quanto antes, embora a cena ainda lhe fosse desagradável. Não suportava ver os pelos se soltando à medida que Keiko limpava o creme dos tornozelos e axilas. Ia para algum lugar longe daquela visão. Porém, no fundo da repulsa, uma chama aparecia, apagava-se e reaparecia. Pequena e distante, mal era visível aos olhos do coração. Assim, silenciosa e pura, era difícil acreditar que fosse a oscilação do desejo. O silêncio e a pureza dessa chama faziam Otoko se recordar de Oki e da garota que fora há vinte e tantos anos. A aversão ao ver Keiko se depilar era provocada não só pela ideia de contato entre mulheres, mas pela sensação sentida em sua própria pele, causando-lhe náuseas. Mas, ao lembrar de Oki, o enjoo estranhamente passava.

Na época em que se deitava com ele, Otoko não se preocupava com pelos nas axilas nem com a existência de tais coisas. Teria perdido o senso de realidade? Hoje, com Keiko, sentia-se mais livre, tendo criado um ousado erotismo para uma mulher de meia-idade. Espantou-se ao perceber que nesse período de solidão, desde a separação aos dezessete anos até ser tocada pela aluna, havia amadurecido. Temia que, se fosse tocada por um homem, em lugar de Keiko, ruiria aquilo que protegia no fundo de seu coração: a imagem sagrada de seu amor por Oki.

Otoko havia falhado em sua tentativa de suicídio depois da separação, mas mantinha dentro de si o sentimento de que uma vida bela é curta. Teria sido ainda mais bela se tivesse morrido no parto, antes da tentativa de suicídio e da morte do bebê; teria assim se livrado das janelas gradeadas do hospital psiquiátrico. Mesmo secreto, ao longo dos anos esse desejo purificou as feridas infligidas por Oki.

— Você é graciosa demais para mim. Um amor milagroso que não imaginei poder existir na vida de alguém. Valeria a pena morrer por essa felicidade...

Ela não se esqueceu de suas doces palavras. O modo de falar e os diálogos contidos em seu livro pareciam ter adquirido vida, distanciando-se deles próprios. Talvez os antigos amantes tenham desaparecido, mas, em meio à tristeza, restava o nostálgico consolo de esse amor ser imortalizado em uma obra literária.

Otoko possuía uma navalha que havia pertencido a sua mãe. Mesmo quase não tendo pelos, mas instigada pela lembrança, Otoko a utilizava uma vez por ano para raspar a penugem da nuca, da testa junto à raiz dos cabelos e a região ao redor da boca. Certa vez, ao avistar Keiko começando a passar o creme depilatório, disse de repente:

— Keiko, vou depilá-la. — E pegou a navalha na gaveta da penteadeira.

Assim que viu a lâmina, Keiko fugiu assustada.

— Não, mestra! Eu tenho medo! Tenho medo!

Otoko correu atrás dela.

— Não tem perigo. Deixe-me depilá-la.

Quando Otoko a alcançou, Keiko se deixou levar a contragosto de volta à penteadeira. Quando ensaboou os braços e encostou a navalha, notou com surpresa que os dedos de Keiko tremiam.

— Está tudo bem, não há perigo algum se manter o braço quieto. Pare de tremer...

A insegurança e o pavor de Keiko excitaram Otoko. Era uma tentação. Seu corpo se retesou, a força parecia fluir do peito aos ombros.

—Já que tem medo, não vamos raspar as axilas. Passemos ao rosto... — disse Otoko.

— Espere um pouco. Preciso respirar — pediu Keiko.

Otoko raspou acima das sobrancelhas e sob o lábio. Quando começou a depilar a testa junto à linha dos cabelos, Keiko fechou os olhos. Seu rosto estava voltado para cima, com a nuca apoiada na mão de Otoko, que admirava o pescoço delgado e longo da jovem. Delicado e gracioso, parecia também inocente, tão distinto do temperamento de Keiko, resplandecendo juventude. Otoko conteve a navalha.

— O que foi, mestra? — Keiko abriu os olhos.

De repente, ocorreu a Otoko que Keiko morreria se introduzisse a navalha em seu lindo pescoço. Naquele instante, seria fácil matá-la pela parte mais bela do corpo.

Mesmo não sendo tão bonito quanto o da aluna, Otoko tinha um pescoço esguio como o de uma jovem. Uma vez, Oki o envolvera com os braços e ela lhe disse:

— Está me machucando... Vou morrer. — Ao ouvir isso, ele apertou com mais força ainda e Otoko se sentiu sufocar.

Enquanto olhava para o pescoço de Keiko, a sensação de sufocamento voltou à memória e sentiu tontura.

Foi a única ocasião em que Otoko raspou seus pelos. Depois disso, Keiko se recusou e Otoko não insistiu. Quando abria a gaveta da penteadeira para pegar o pente ou alguma outra coisa, via a navalha da mãe. Às vezes, se recordava de sua vaga e efêmera vontade assassina. Se naquele dia tivesse matado Keiko, não teria continuado a viver. Mais tarde, esse impulso havia se tornado um familiar fantasma. Teria sido outra oportunidade de morrer que havia deixado escapar?

Otoko compreendeu que, em seu fugaz desejo de matar, se escondia seu antigo amor por Oki. Naquela época, Keiko ainda não havia se encontrado com ele. Ainda não se introduzira entre os dois.

Desde que Otoko soube que a aluna havia passado a noite com Oki em Enoshima, aquele antigo amor acendeu um suspeitoso fogo dentro de si. Via uma única flor de lótus branca flutuar entre essas chamas. Era o amor por Oki, flor onírica que não poderia ser despetalada, nem mesmo por Keiko.

Com a imagem do lótus branco em seu interior, Otoko voltou sua atenção para as luzes da casa de chá em Kiyamachi, refletidas na correnteza do rio Misosogi. Contemplou-as por um algum tempo. Depois olhou para as colinas do leste, imersas em sombras, para além de Gion. Suas curvas suaves irradiavam tranquilidade, porém a noite escondida ali parecia silenciosamente se estender na direção de Otoko. Os faróis dos carros que trafegavam na outra margem, os casais que passeavam à beira do rio, as luzes e clientes das casas de chá que se enfileiravam deste lado da margem, tudo isso Otoko via sem conseguir realmente ver, à medida que as sombras das colinas do leste se espalhavam por dentro dela.

— Vou pintar logo a *Ascensão do recém-nascido*. Tenho que fazê-lo agora ou talvez jamais consiga. Sinto que já se transforma em algo diferente, que perde o amor e a tristeza... — murmurou Otoko para si própria. Esse sentimento intenso e repentino tinha surgido da visão da flor de lótus em meio às chamas.

Otoko cogitou se Keiko não poderia ser o lótus branco. E por que haveria de desabrochar entre as labaredas? Por que não perecia?

— Keiko — chamou ela. — Seu humor melhorou?

— Se o seu tiver melhorado, mestra, então ficarei feliz — respondeu Keiko, bajulando-a.

— Até hoje, o que mais lhe causou sofrimento?

— O que terá sido? — Keiko não pensou muito a respeito. — Aconteceram tantas coisas que eu não saberia dizer. Vou tentar me lembrar e conto depois, mestra. Mas minhas tristezas são breves.

— Breves?

— Sim.

Otoko fitou demoradamente o rosto de Keiko e disse da maneira mais calma possível:

— Há algo que quero lhe pedir essa noite. Gostaria que não voltasse jamais a Kamakura.

— Está dizendo isso por causa do senhor Oki ou de Taichiro, o filho?

À pergunta inesperada, Otoko respondeu incisiva:

— Por ambos.

— Eu os encontrei apenas para vingá-la.

— Ainda essa conversa? Você é realmente terrível. — A expressão do rosto Otoko se alterou, e ela fechou os olhos como se quisesse conter lágrimas imprevistas.

— Mestra, como é medrosa...

Keiko então se levantou e se aproximou de Otoko, pousou as mãos em seus ombros e lhe tocou de leve a orelha. Otoko permaneceu em silêncio e o que ouviu foi só o murmurar da correnteza do rio.

Fios de cabelo

— Querido! Querido! — da cozinha, a esposa chamou Oki.
— Dona ratazana apareceu e se escondeu embaixo do fogão.
— O quê?
— Parece que trouxe seus pequeninos e veneráveis filhotes.
— É mesmo?
— Ah, querido, venha ver!
Oki ficou em silêncio.
— Um dos filhotes, tão bonitinho, apareceu de relance...
— Hum.
— Ele olhou para mim, com seus olhinhos brilhantes e pretos.
Na sala de tatames em que Oki lia o jornal da manhã, pairava o aroma de *misoshiru*.[1]

---

1. Sopa de missô. Prato imprescindível nas refeições japonesas do dia a dia.

— E temos uma goteira na cozinha. Está me ouvindo?

A chuva que caía desde que acordara havia se tornado subitamente torrencial. O vento balançava a copa das árvores das colinas e a floresta de bambus e agora seguia para o leste, fazendo a chuva se inclinar.

— Não dá para ouvir com o barulho da chuva e da ventania lá fora...

— Não quer vir aqui?

— Está bem.

— As pobres "senhoras" gotas de chuva batem contra as telhas e passam pelos vãos estreitos, caindo no forro. Deve ser dolorido. Talvez se transformem em lágrimas de verdade e comecem a chorar em cima de nós.

— Assim você vai me fazer chorar também.

— Vamos colocar a ratoeira esta noite. Deve estar na despensa, na prateleira de cima. Como eu não alcanço, você poderia pegar depois?

— Será que conseguimos mesmo prender mamãe ratazana na ratoeira? — perguntou Oki lentamente, sem tirar os olhos do jornal.

— E o que vai fazer com a goteira? — perguntou Fumiko.

— Mas é grande? Deve ser por causa do vento. Amanhã subo no telhado para dar uma olhada.

— É perigoso para alguém da sua idade... Vou pedir para o Taichiro.

— Você está me chamando de velho?

— Se trabalhasse em uma empresa ou jornal, com cinquenta e cinco anos estaria próximo da idade de se aposentar, não?

— Boa ideia. Então vou me aposentar por idade.

— Como quiser...

— Quando será que um escritor se aposenta?

— Quando morre.

— O que quer dizer?

— Desculpe — disse Fumiko, continuando com a voz de sempre: — Quis dizer que escreverá ainda por muito, muito tempo.

— Esse tipo de expectativa é torturante, ainda mais com uma esposa como a minha... É como se um demônio estivesse atrás de mim, segurando uma barra de ferro em brasa!

— Mas que grande mentiroso você se tornou! Quando foi que eu o importunei?

— Você sabe ser um estorvo.

— Estorvo?

— Sim. Por ciúme, por exemplo.

— Ciúme é algo indissociável das mulheres. Sei, desde jovem, que é um veneno amargo e forte.

Oki se manteve em silêncio.

— Pode ser também uma faca de dois gumes...

— Que fere os outros e a si mesmo...

— Não importa o que aconteça, não tenho mais forças para me divorciar nem cometer duplo suicídio.

— Divórcio na velhice já é bastante ruim, mas nada é mais triste do que um duplo suicídio de velhinhos. Se publicado no jornal, iria provocar mais pesar em idosos do que inspiração em jovens amantes.

— Houve uma época em que você dolorosamente considerou cometer duplo suicídio... Quando éramos jovens, num passado distante.

Oki não disse nada.

— Mas você não permitiu que a jovem soubesse do seu desejo de morrerem juntos. Talvez teria sido melhor se tivesse contado.

— Ela cometeu suicídio, sem jamais ter sonhado que você estivesse disposto a se matar com ela. Pobrezinha.

— Ela não se suicidou.

— Ela tentou. E se tinha a intenção de morrer, não é o mesmo que ter se suicidado?

Fumiko claramente se referia a Otoko. Ouvia-se o som do óleo fritando na panela enquanto ela refogava repolho com carne de porco.

— O *misoshiru* vai ferver demais — disse Oki.

— Sim, sim, eu sei. Não faço bem o *omiotsuke*...[2] Há quantos anos me repreende por causa disso? Até encomendou missô de várias partes do país... "Pensei em deixar minha velha esposa cheirando a missô, sabe."

— Você sabe como se escreve *omiotsuke* em ideogramas?

---

2. Palavra formal para *misoshiru*.

— Saber em *hiragana*[3] já é suficiente para mim.

— Escreve-se repetindo o ideograma *on* três vezes, seguido pelo *tsuke*[4], e lê-se *omiotsuke*.

— É mesmo? Como em *on'omiashi*?[5]

— É um prato importante desde tempos antigos, referenciado com três ideogramas de respeito, além de ser difícil de acertar seu sabor.

— Talvez seu honrado missô possa estar de mau humor esta manhã pelo venerável *omiotsuke* não ter sido preparado com o devido respeito?

Às vezes, Fumiko caçoava do marido utilizando de um excesso de cortesia, como no episódio da ratazana ou da goteira no telhado. Nascido no interior, Oki não dominava a linguagem polida do dialeto de Tóquio, e consultava a esposa, criada na cidade. Algumas vezes, no entanto, ele não seguia o que ela lhe ensinava e um acalorado debate se transformava em discussão. Argumentava que o dialeto local era vulgar e provinciano, com pouca tradição. Já aquele de Kansai usava honoríficos até para fofocar sobre alguém, diferentemente de Tóquio, indelicado nesse aspecto. Sem ceder à esposa, Oki dizia que o dialeto de Kyoto e de Osaka utilizava expressões de polidez ainda que para falar

---

3. Alfabeto fonético japonês.
4. *On* é um prefixo honorífico e significa "venerável", "respeitoso". *Tsuke* significa "que acompanha".
5. Utiliza três ideogramas de *on*, seguidos por ashi (pé). Uma possível tradução literal seria "seu honorável e respeitável pé".

de peixes e verduras, de montanhas ou rios, até de casas e estradas, para se referir ao sol, ao céu e às estrelas.

— Se tem tanta certeza disso, consulte Taichiro. Ele é o estudioso em literatura japonesa, não é? — sugeriu Fumiko.

— E o que Taichiro saberia sobre isso? Ele pode ser um estudioso, mas não do uso de honoríficos. Em primeiro lugar, o modo como conversa com os colegas pesquisadores é confuso e desleixado, insuportável de se ouvir. Sua pesquisa e crítica não estão em língua japonesa adequada.

Na verdade, Oki não apenas sentia desagrado, mas desconforto ao consultar o filho e receber instruções sobre como escrever no dialeto de Tóquio. Perguntar para a esposa era mais fácil e íntimo. Mesmo sendo nascida e criada em Tóquio, Fumiko acabava se confundindo ao ser alvejada de perguntas sobre honoríficos.

— Repreendi Taichiro pois os estudiosos de antigamente, com profundo conhecimento da língua chinesa clássica, é que conseguiam escrever de forma graciosa, correta e lógica.

— As pessoas não falam mais assim. Neologismos são criados todos os dias, assim como os filhotinhos da senhora rata que não se preocupam se roem coisas importantes. Tudo muda vertiginosamente...

— Mas têm vida curta e, mesmo sobrevivendo, se tornam datados... Como os romances. É raro durarem mais de cinco anos.

— Talvez seja suficiente se as novas palavras sobreviverem até o dia seguinte. — Enquanto dizia isso, Fumiko trazia os pratos do café da manhã. E, mantendo-se impassível, continuou: — Minha vida também durou bastante desde a época em que você pensou em se suicidar com aquela garota.

— Não existe aposentadoria para esposas. Que pena...

— Mas existe o divórcio... Pelo menos uma vez na vida, teria gostado de saber como é ser divorciada.

— Ainda não é tarde demais.

— Já não quero mais. Você conhece o ditado popular: a boa oportunidade é uma deusa que só tem cabelos na testa, não adianta tentar agarrá-la depois de ter passado.

— Seus cabelos são fartos, Fumiko. Não têm nem fios brancos.

— Já a sua testa começa a ficar calva. Terá então perdido a oportunidade?

— Os cabelos foram sacrificados para evitar o divórcio. Para que você não tenha mais ciúme, Fumiko.

— Você vai me deixar zangada!...

Jogando conversa fora, o casal de meia-idade começou a tomar o café da manhã, como todos os dias. Fumiko parecia estar de bom humor. Nessa manhã, apesar de haver se lembrado de Otoko, não tivera vontade de revirar o passado.

A chuva perdia a violência e começava a se acalmar. Não apareceram, no entanto, fendas entre as nuvens por onde pudesse se infiltrar a luz do sol.

— Taichiro ainda está dormindo? Vá acordá-lo — disse Oki.

— Está bem — concordou Fumiko. — Mas não vai levantar. "A universidade está de férias, deixe-me dormir...", é o que dirá.

— Ele não vai para Kyoto hoje?

— Sim, deve jantar em casa e depois segue para o aeroporto. O que ele vai fazer em Kyoto nessa época de tanto calor?

— Por que não pergunta para ele? Parece que teve vontade de rever o túmulo de Sanjo Sanetaka[6], no meio das montanhas do Templo Nison'in. O tema da sua tese será sobre a obra *Sanetaka Koki*. Você sabe quem foi ele?

— Um nobre da corte?

— Mas claro que sim! Durante a época da guerra Onin, no período Higashiyama do xogum Yoshimasa Ashikaga[7], ele ascendeu à posição de ministro do Interior e era próximo

---

6. Poeta e ministro do Interior (1455-1537). Seu diário, *Sanetaka Koki*, retrata fatos ocorridos de 1474 a 1536, período conturbado por conflitos militares e políticos, considerado um raro material sobre a cultura da época.

7. Yoshimasa (1435-1490), oitavo xogum do clão Ashikaga, incentivou as artes promovendo o teatro Nô e a cerimônia do chá, sendo seu governo chamado de cultura Higashiyama. A questão sucessória entre seu irmão mais novo e seu filho originou a guerra Onin, conflito civil ocorrido em Kyoto entre 1467 e 1477, dando início, posteriormente, ao período Sengoku.

de mestres de *renga*[8], como Sogi[9] e outros. Foi um dos nobres que se esforçaram para transmitir a literatura e as artes durante um período conturbado de guerras. Sem dúvida, foi uma personalidade interessante. Taichiro deve analisar a cultura Higashiyama baseando-se em seu extraordinário diário, *Sanetaka Koki*.

— É mesmo? E onde fica o Templo Nison'in?

— Aos pés do monte Ogura...

— Monte Ogura? Onde fica mesmo? Você já me levou lá uma vez, não?

— Sim, há muito tempo. O monte deu nome a *Ogura Hyakunin Isshu*.[10] Vários lugares, próximos dali, evocam os poemas de Fujiwara no Teika.

— Ah, sim, fica em Saga. Lembrei agora.

— Taichiro desencavou muitos episódios e detalhes e sugeriu que eu escrevesse um romance. Taichiro deve se considerar um estudioso importante para querer que eu

---

8. Poema composto por duas ou mais pessoas; tem origem no século XII. Um poeta se dedica à primeira parte (composta por versos de 5-7-5 sílabas), propondo um tema, e outro compõe a segunda parte (com versos de 7-7 sílabas). A composição continua, obedecendo a essa forma de 31 sílabas (chamada *tanka* ou poema curto), e pode alcançar dezenas ou centenas de estrofes.
9. Monge budista e célebre mestre de *renga*.
10. Também chamado apenas de *Hyakunin Isshu*. Antologia de cem poetas, compilada por Fujiwara no Teika (1162-1241) e organizada por ordem cronológica. Poeta e funcionário imperial, Fujiwara no Sadaie usava o nome Teika, leitura chinesa dos ideogramas que compõem seu nome, para assinar suas obras.

transforme em livro essas anedotas sem valor e histórias exageradas!

Fumiko não opinou, apenas concordou com a cabeça e esboçou um sorriso terno, quase imperceptível.

— Vá acordar o nosso estudioso — ordenou Oki, levantando-se da mesa. — É possível que um filho ainda durma enquanto o pai está prestes a começar a trabalhar?

— Está bem.

Quando Oki ficou sozinho no escritório, pensou na expressão usada há pouco, "aposentadoria do escritor", agora não mais como brincadeira. Continuou sentado à escrivaninha, o queixo apoiado na mão. Do lavabo, ouviu um gargarejo. Taichiro entrou, enxugando o rosto com a toalha.

— Acordou tarde, não? — censurou Oki.

— Estava acordado, mas deitado, mergulhado em devaneios.

— Devaneios?

— Pai, o senhor sabia que exumaram o túmulo da princesa Kazunomiya? — perguntou Taichiro.

— Violaram o túmulo da princesa?

— Bom, é possível dizer isso, sim, mas... — Apaziguador, Taichiro continuou: — Fizeram uma exumação. Com frequência exumam os *kofun*, aquelas tumbas antigas, para pesquisas científicas.

— Sim, mas o túmulo da princesa Kazunomiya não é tão antigo quanto um *kofun*. Quando foi que ela morreu mesmo?

— Em 1877 — afirmou Taichiro.

— Em 1877? Então ainda não faz nem cem anos.

— Tem razão. Mas encontraram apenas seu esqueleto.

Oki franziu o cenho.

— Parece que o travesseiro — continuou Taichiro —, o quimono e qualquer objeto que tenha sido enterrado junto com ela se transformaram em pó. Não havia nada, apenas o esqueleto.

— É desumano violar assim um túmulo...

— Ela estava deitada em uma pose bela e cândida, como uma criança que adormece, cansada de brincar.

— O esqueleto?

— Sim. Parece que encontraram uma mecha de cabelo preto na parte de trás do crânio, indicando que se tratava de uma nobre casada e que morrera jovem.

— Você estava mergulhado em devaneios sobre esse esqueleto?

— Sim, mas não eram apenas fantasias. Esse esqueleto tinha algo de belo e misterioso, de frágil...

— Como assim?! — desinteressado, Oki não compartilhava o entusiasmo do filho. Achava desagradável terem violado o túmulo de uma trágica princesa, morta com pouco mais de trinta anos, e exumado seu esqueleto para estudo.

— Como assim? Na verdade, é algo inimaginável — disse Taichiro. — Mas quero contar também para a mamãe, posso chamá-la aqui?

Oki concordou com um leve meneio para o filho, ainda de pé à sua frente, segurando a toalha.

Taichiro trouxe a mãe para o escritório falando em voz alta, contando o que havia dito antes ao pai.

Por precaução, Oki retirou da prateleira do corredor um volume do *Grande dicionário da história japonesa*, abriu a página correspondente à princesa Kazunomiya e acendeu um cigarro.

Taichiro trouxe nas mãos uma publicação de poucas páginas. Oki perguntou:

— É o relatório sobre a exumação?

— Não, é um boletim do museu. Um certo Kamahara, em um *zuihitsu*[11] intitulado *A beleza é algo que desaparece?*, escreve sobre o mistério em torno da princesa. Talvez fosse algo não citado no relatório — Taichiro fez uma pausa antes de começar a ler. — Entre os braços da princesa, havia uma placa de vidro um pouco maior que um cartão de visitas. Ao que parece, foi o único objeto encontrado no túmulo. Como estavam exumando os túmulos dos xoguns do clã Tokugawa sepultados no Templo Zojo-ji em Shiba, aproveitaram para exumar o da princesa Kazunomiya... O especialista em têxteis achou que essa placa de vidro

---

11. Gênero literário que tem como principais representantes as obras *O livro do travesseiro* (Editora 34, 2013), de Sei Shônagon; *Hojoki*, de Kamo no Chomei; e *Tsurezuregusa*, de Yoshida Kenko. Consiste em ensaios ou pensamentos sem ordenamento aparente.

pudesse ser um espelho de bolso ou um colódio úmido e o embrulhou em um papel e levou ao museu.

— Colódio úmido? Uma placa fotográfica? — perguntou Fumiko.

— Sim. Coloca-se uma camada de colódio sobre a placa de vidro e a imagem é revelada enquanto ainda está úmida... Como nas fotografias antigas.

— Ah, sim. Eu já vi.

— No museu, o perito examinou o vidro transparente contra a luz por diversos ângulos e pôde ver a figura de um homem. Era mesmo uma foto! Um jovem vestido com *hitatare* e *eboshi*.[12] Estava muito desbotada, claro...

— Era a foto do xogum Iemochi? — perguntou Oki.

— Sim, é o que parecia. O perito achou que a princesa teria sido enterrada apenas com a foto do marido, morto antes dela. Pensou em contatar no dia seguinte o Instituto Nacional de Pesquisa para a Proteção de Bens Culturais para encontrar algum meio de tornar a foto mais nítida. Contudo, ao examinar a placa na manhã seguinte, a imagem havia desaparecido completamente. Em uma noite, a fotografia havia se tornado uma simples placa de vidro.

— Mas como? — Fumiko olhou para Taichiro.

---

12. *Hitatare* é parte do vestuário masculino, espécie de blusa usada com *hakama* (calças) pela classe guerreira do período Kamakura. *Eboshi* é um chapéu usado somente por homens adultos.

— Porque, depois de tantos anos debaixo da terra, o objeto subitamente entrou em contato com o ar e a luminosidade da superfície — concluiu Oki.

— Exatamente. No entanto, existe uma testemunha para comprovar que se tratava mesmo de uma foto e não de uma alucinação. Durante o exame da placa, o perito a mostrou para um vigia que fazia a ronda que também viu a imagem de um jovem nobre.

— É mesmo?

— No *zuihitsu*, ele escreve: "É realmente a história de uma existência efêmera." Mas esse especialista do museu era um literato e, ao invés de encerrar o texto, decidiu incrementá-lo com sua imaginação. Sabe-se que o príncipe Arisugawanomiya foi profundamente apaixonado pela princesa. Talvez a fotografia que ela abraçava não poderia ser então a do príncipe, em vez do marido, o xogum Iemochi? Em seu leito de morte, ela não podia ter secretamente ordenado às serviçais que pusessem a placa fotográfica do amante junto ao seu corpo? Seria uma história apropriada para uma trágica princesa. É assim que o perito escreve.

— Hum... que imaginação! A foto ser do amante e desaparecer em uma noite, logo após ser trazida à luz deste mundo, é uma boa história!

— Isso também está no *zuihitsu*. Que a foto deveria permanecer enterrada como um segredo por toda a eternidade. Sem dúvida, o desejo da princesa era que a imagem desaparecesse se um dia fosse trazida à superfície.

— Pode ser.

— Um escritor poderia captar e reviver a beleza desaparecida em um instante, transformando-a em uma obra sublime. Essa é a conclusão do *zuihitsu*. O senhor não gostaria de escrevê-la, pai?

— Não sei se conseguiria — disse Oki. — Talvez pudesse ser um conto a partir da exumação... Mas esse *zuihitsu* não seria suficiente?

— Acha mesmo? — indagou Taichiro, pouco convencido, e continuou: — Li esta manhã na cama e fiquei por um tempo mergulhado em pensamentos, quando então tive vontade de falar para o senhor. Leia depois. — Deixou a revista em cima da escrivaninha do pai.

— Está bem, vou ler.

Taichiro se levantava para sair, quando Fumiko perguntou:

— O que aconteceu com o esqueleto da princesa? Não me diga que o levaram como material de estudo para alguma universidade ou museu... Seria cruel. Espero que tenham devolvido ao túmulo!

— Não sei. Não havia menção sobre isso, então não saberia dizer, mas creio que foi o que fizeram — respondeu Taichiro.

— Ela deve se sentir solitária agora, sem a foto que abraçava antes.

— Bem, não tinha pensado nisso — disse Taichiro. — Pai, escreveria isso no final de seu conto?

— Mas assim cairia no sentimentalismo!

Taichiro deixou o escritório. Fumiko também se aprontava para sair, dizendo:

— Não vai trabalhar?

— Não. Depois de ouvir uma história como essa, preciso sair para caminhar um pouco. — Oki se afastou da escrivaninha. — Parece que a chuva parou.

— Ainda há algumas nuvens, mas o tempo deve estar fresco depois da chuva forte. — Do corredor, Fumiko espiou o céu. — Saia pela porta dos fundos e dê uma olhada nas goteiras.

— Depois de querer saber sobre a solitária princesa Kazunomiya, agora quer que eu verifique as goteiras?

O *geta*[13] que usava para caminhar ficava na sapateira perto da porta da cozinha. Fumiko buscou o calçado para o marido e perguntou:

— Taichiro contou essa história sobre um túmulo e agora irá visitar outro em Kyoto. Você acha que está tudo bem?

— O que quer dizer? — Oki estava surpreso. — O que há de ruim nisso? Mas você realmente muda de conversa a toda hora!

— De modo algum. Estava pensando nessa viagem de Taichiro para Kyoto enquanto ouvia a história da princesa Kazunomiya.

— O túmulo de Sanjonishi Sanetaka é muito mais antigo, do período Muromachi.

---

13. Calçado de madeira, similar ao tamanco; possui base elevada.

— Taichiro vai se encontrar com aquela moça em Kyoto.
Oki ficou de novo surpreso. Fumiko tinha se agachado para colocar o *geta* do marido no chão e depois que ele o calçou, ela se levantou e fitou seu rosto de perto.

— Não acha assustadora aquela moça terrivelmente bela?

Como havia escondido da esposa ter passado a noite com Keiko em Enoshima, Oki ficou sem palavras.

— Tenho um mau pressentimento — disse Fumiko, com seu olhar ainda fixo no rosto de Oki. — Este verão ainda não tivemos uma autêntica tempestade.

— Está de novo mudando de assunto...

— Se esta noite tivermos uma forte chuva como há pouco, um raio pode atingir o avião.

— Mas que besteira está dizendo? Nunca ouvi falar de um avião ter caído no Japão por causa de raios!

Oki saiu de casa para escapar da esposa e olhou para cima. Uma forte chuva como aquela não havia varrido as nuvens escuras do céu baixo. Mesmo que estivesse limpo, Oki certamente não se sentiria aliviado. Sua mente estava tomada pela ideia de seu filho ir a Kyoto para se encontrar com Keiko. Claro que não podia ter certeza, mas a inesperada suposição da esposa começava a lhe parecer plausível.

Quando saiu do escritório para caminhar, tinha a intenção de ir a um dos antigos templos de Kamakura, mas a suspeição de Fumiko o havia feito desistir, sem vontade de visitar os túmulos desses locais. Em vez disso, Oki subiu em direção à colina arborizada próxima de sua casa. O ar carregava o cheiro de terra e madeira molhada pela chuva de verão. Ao se esconder completamente entre as folhagens das árvores, lembrou-se do corpo de Keiko.

O que primeiro vividamente lhe veio de seu lindo corpo foram os mamilos. Rosados, de uma tonalidade quase transparente. Mesmo sendo de raça amarela, algumas mulheres japonesas tinham a tez alva, mais luminosa e delicada do que a pele branca das ocidentais. O rosa dos mamilos de Keiko possuía um tom indescritível que não existia em lugar algum. Sua pele não era tão alva, mas o róseo dos mamilos parecia fresco e puro, como botões de flor surgindo no peito de um suave dourado. Não havia pintas feias nem diminutas rugas. Mais do que bonitos, os seios eram pequenos e bonitos.

Não apenas a beleza fez Oki se lembrar primeiro dos mamilos. Em Enoshima, embora Keiko tivesse permitido que tocasse seu mamilo direito, negou o esquerdo. Quando tentou tocá-lo, ela o protegeu firmemente com a palma da mão. E quando segurou e tentou afastar sua mão, Keiko se contorceu, recuando.

— Não! Não faça isso, por favor!... O esquerdo não...
— O quê? — Oki parou. — Por que não?
— Não sai do esquerdo.
— "Não sai"? — Oki hesitou diante das palavras dela.
— Não é bom. Eu o odeio. — A respiração de Keiko continuava ofegante. Oki não entendeu o significado das suas palavras.

A que Keiko se referia quando disse que "não sai" de seu seio? O que "não é bom"? Será que queria dizer que o mamilo esquerdo seria encovado ou deformado? Poderia se achar deficiente por causa disso? Ou sentir uma vergonha insuportável em mostrar os seios assimétricos? Oki se lembrou de que, quando a carregara para a cama, Keiko tinha encolhido o peito e as pernas, protegendo o seio esquerdo com o braço, mais que o direito. Mas, tanto antes quanto depois disso, ele tinha visto ambos os seios. Não havia sido um olhar para examinar a diferença entre os mamilos, mas teria notado se houvesse algo de anormal no esquerdo.

Na verdade, mesmo quando afastou a mão de Keiko à força, não viu nenhuma deformação no mamilo esquerdo. Sendo criterioso, apenas o tamanho do esquerdo parecia um pouco menor se comparado ao direito. Mas se nas mulheres não era raro que tivessem alguma diferença, por que ela se apressara em escondê-lo de Oki?

Quanto maior a resistência e a recusa, maior a ânsia, e enquanto tentava tocar o mamilo esquerdo, perguntou:

— Existe alguém especial a quem você permite tocá-lo?

— Não. Não existe ninguém — rebateu Keiko, balançando a cabeça. Com os olhos bem abertos, ela o fitou. Ainda que, devido à distância, fosse difícil ter certeza, pareceu a ele que os olhos estivessem marejados de lágrimas, carregados de tristeza. Por certo que não era o olhar de uma mulher sendo acariciada. Keiko logo fechou as pálpebras e pareceu se resignar, deixando que tocasse o seio esquerdo. Oki percebeu a resignação e, ao afrouxar o abraço, o corpo dela começou a ondular e se contorcer, como se sentisse cócegas.

Poderia o seio direito de Keiko ser menos puro enquanto o esquerdo seria ainda imaculado? Oki sentiu que a reação diferia ao acariciar um seio ou o outro. Não compreendia o que ela queria dizer com "não é bom" ao falar do seio esquerdo. Considerando que era a primeira vez que ela recebia carícias dele, tratava-se de um protesto bem ousado. Ou seria a estratégia de uma garota astuta? Uma mulher cuja sensibilidade difere entre os seios colocaria um desafio tentador para qualquer homem. Mesmo que tal diferença fosse inata e nada pudesse ser feito, sua própria anormalidade estimularia ainda mais um homem, tornando-a inesquecível. Oki jamais havia conhecido uma mulher assim.

Claro que cada mulher se distingue mais ou menos das outras na maneira como deseja ser acariciada. Mas seria, no caso dos seios de Keiko, algo tão intenso? Na verdade, as preferências de uma mulher são aprendidas das manias e costumes do homem com quem ela dorme. Sendo assim, o insensível mamilo esquerdo de Keiko seria alvo de particular fascínio para Oki. E provavelmente a diferença de sensibilidade teria sido criada por alguma experiência malsucedida, mantendo intocado um dos seios. Oki se sentia ainda mais excitado com o mamilo esquerdo. Mas para sensibilizá-lo da mesma forma que o direito, seria preciso tocá-los mais vezes e isso levaria tempo. Não tinha certeza se encontraria Keiko com tanta frequência.

Ainda mais agora, deitando com ela pela primeira vez, seria estupidez querer tocar seu mamilo esquerdo à força. Oki então o evitou e procurou lugares em que achou que apreciaria ser acariciada. E os encontrou. Quando começou a agir com mais vigor, ela chamou: "Ah, ah... Mestra Ueno, mestra Ueno!" Surpreso, Oki hesitou e foi empurrado. Ela se afastou para em seguida se endireitar e ir até o espelho pentear os cabelos desarrumados. Ele não conseguiu olhar para ela.

À medida que o barulho da chuva se intensificava, Oki se viu tomado pela solidão. Que sentimento caprichoso!

— Senhor Oki, não quer me abraçar e dormir? — sugeriu Keiko com voz terna, ajoelhada perto dele, enquanto espiava seu rosto cabisbaixo.

Sem nada dizer, Oki passou o braço esquerdo ao redor do pescoço dela enquanto se deitava de costas. Lembranças de Otoko surgiam sem cessar, mas foi Keiko quem se aproximou com o corpo. Depois de algum tempo, Oki disse:

— Sinto seu cheiro.

— Meu cheiro?

— Cheiro de mulher.

— É mesmo? É por estar abafado? Desculpe-me.

— Não, não é por causa do calor. É um cheiro bom de mulher...

Era o cheiro que a pele da mulher naturalmente emana quando nos braços de um homem a quem se entrega. Todas as mulheres exalam esse cheiro, mesmo jovens. Não apenas estimulava o homem, mas também o tranquilizava e satisfazia. Não seria o corpo da mulher revelando seu desejo?

Sem dizer abertamente, Oki aninhou o rosto em seu peito para que Keiko soubesse que seu cheiro era bom. Fechou os olhos em silêncio, envolto por aquele odor feminino.

Mesmo agora, no bosque, a última parte do corpo de Keiko a desaparecer de sua lembrança foram os mamilos. Não. Na verdade, ele podia vê-los com vividez e frescor.

— Taichiro não pode se encontrar com Keiko — disse Oki, resoluto, para si mesmo. — Não pode se encontrar com ela.

Oki agarrou com força o galho de uma árvore.

— Mas o que posso fazer? — protestou, balançando o galho. Algumas gotas de chuva caíram das folhas sobre sua cabeça. O solo ainda úmido deixou molhada a parte frontal do *geta*. Oki observou as folhas verdes a seu redor. Essa cor que o envolvia de repente se tornou sufocante.

Para impedir que Taichiro se encontrasse com Keiko em Kyoto, não havia outra opção a não ser contar para o filho que havia passado a noite com ela em Enoshima. Também poderia enviar um telegrama para Otoko ou direto para Keiko.

Oki se apressou em voltar para casa.

— Onde está Taichiro? — perguntou para a esposa.

— Ele foi para Tóquio.

— Tóquio? Já? Mas o voo não era à noite? Ele não vai voltar para casa antes de partir?

— Não. O voo parte de Haneda, não faria sentido voltar para cá e sair de novo.

Oki ficou em silêncio.

— Antes de partir, ele disse que passaria na universidade, por isso foi cedo. Queria levar para Kyoto parte do material que estava lá.

— Que estranho.

— O que aconteceu? Você não parece bem.

Oki evitou o olhar de Fumiko e foi para a escritório. Não falara com Taichiro nem enviou um telegrama para Otoko ou Keiko.

Taichiro partiu para Osaka no voo das dezoito horas. No aeroporto de Itami, Keiko o aguardava sozinha.

— Você veio — disse Taichiro, hesitante. — Não esperava que viesse me buscar. Desculpe.

— Não vai agradecer?

— Obrigado. Desculpe pelo incômodo.

Ao ver os olhos de Taichiro animados, Keiko abaixou o olhar, dócil.

— Veio de Kyoto? — perguntou Taichiro, ainda sem jeito.

— Sim, de Kyoto... — respondeu num tom calmo, e depois continuou: — Moro em Kyoto. Se não fosse de lá, de onde mais eu viria?

— Bom... — Taichiro sorriu e a contemplou, notando o *obi* que usava. — Você está deslumbrante, e por isso meus olhos ainda duvidam que tenha vindo receber alguém como eu.

— Está falando do meu quimono?

— Sim, do quimono, e do *obi*... — disse Taichiro e quis acrescentar que falava também do cabelo, do rosto, de tudo.

— No verão, é mais fresco usar o quimono com a faixa bem justa. Não gosto de vesti-lo frouxo quando está calor.

Tanto o quimono quanto o *obi* de Keiko pareciam ser novos.

— No verão, prefiro cores discretas. Como a faixa, está vendo?

Keiko seguia Taichiro, que caminhava lentamente para a área de bagagem, e disse:

— Eu mesma pintei este *obi*.

Taichiro se virou para ver.

— O que parece para você? — perguntou Keiko.

— Não sei. Seria água? A correnteza de um rio?

— É um arco-íris. Um arco-íris sem cor... São apenas linhas curvas com matizes de nanquim. Embora ninguém entenda o que seja, queria meu corpo envolvido por um arco-íris de verão. Um arco-íris que apareceu na montanha próximo do entardecer.

Keiko girou o corpo, para mostrar a parte de trás do *obi* de gaze de seda. O simples laço *taiko*[14] mostrava uma

---

14. Forma quadrangular de amarrar o *obi* na parte posterior. É a mais simples e difundida forma, dentre as inúmeras possíveis.

cordilheira verde, e o vermelho esfumaçado, delicado, devia ser o céu do crepúsculo.

— A frente e o verso não se harmonizam. Um *obi* esquisito, desenhado por uma garota estranha — disse Keiko, ainda de costas. O olhar de Taichiro não se desprendia da combinação do tom vermelho esfumaçado com o da pele de seu delgado pescoço, à mostra pelo penteado que erguia seus cabelos negros.

Os passageiros que iam para Kyoto tinham a cortesia de um serviço de táxi até o escritório da companhia aérea na avenida Oike. O primeiro carro partiu com quatro passageiros que se apressaram em entrar enquanto Taichiro hesitava quanto ao que fazer. A empresa chamou mais um táxi, e ele pôde seguir sozinho com Keiko. Ao sair do aeroporto, Taichiro disse, como se tivesse acabado de se lembrar:

— Se veio de Kyoto neste horário, senhorita Keiko, ainda não deve ter jantado.

— Mas você continua a me tratar como uma estranha! Taichiro não disse nada.

— Nem almoçar eu quis. Quando chegarmos a Kyoto, vamos jantar. Juntos — sussurrando, ela continuou. — Vi você desde que saiu do avião. Foi o sétimo.

— O sétimo?

— Sim, o sétimo — repetiu Keiko, categórica. — Desceu do avião olhando para baixo. Nem olhou na minha direção. Se você sabe que alguém virá buscá-lo, não seria natural olhar para as pessoas à espera, assim que desse o primeiro passo para fora do avião? Você saiu cabisbaixo, com andar distraído. Senti vergonha de ter vindo e quis me esconder.

— Não esperava que você viesse até Itami.

— Não? Então por que enviou uma carta expressa com o horário do voo?

— Acho que queria provar que viria mesmo para Kyoto.

— Como em um telegrama, você não escreveu nada além do horário do voo. Achei que estivesse me testando, para ver se eu viria até Itami. Na dúvida, aqui estou.

— Testar? Não... Se fosse isso, teria procurado por você assim que saí do avião, como você mesma disse.

— Nem escreveu onde ficará em Kyoto. Se não tivesse vindo ao aeroporto, como nos encontraríamos?

— Eu... — Taichiro titubeou. — Eu apenas queria avisá-la da minha vinda para Kyoto.

— Não, não gosto disso... Não dá para saber o que você está pensando.

— Pensei em telefonar para você.

— Pensou? Caso contrário, teria voltado direto para Kamakura? Queria apenas que eu soubesse que estaria aqui? A carta era para brincar comigo e me humilhar ao pretender não se encontrar comigo, mesmo estando em Kyoto?

— Não. Enviei a carta para ganhar coragem de encontrá-la.

— Precisa de coragem para me encontrar? — Keiko transformou a surpresa num sussurro doce. — Posso ficar contente? Ou devo me entristecer? Qual das opções?

Taichiro se calou.

— Não precisa responder... Ainda bem que vim. Não é preciso ter coragem para ver uma garota como eu... Mas, às vezes, sinto uma imensa vontade de morrer. Você pode bater ou pisar em mim, se quiser.

— O que está dizendo, assim do nada?

— Não é do nada. Sou esse tipo de garota. Preciso de uma pessoa que destrua meu orgulho.

— Receio não ser alguém que machuque o orgulho das pessoas...

— É o que parece, mas desse jeito não funciona... Pode pisar em mim com vontade!

— Por que está dizendo essas coisas?

— Por nada... — Keiko segurou os cabelos com uma das mãos contra o vento que entrava pela janela do carro. — Deve ser por eu estar infeliz... Desde o momento em que o vi descer do avião, cabisbaixo e melancólico, e se dirigir à sala de espera... Por que estava tão triste? Eu vim esperá-lo e, mesmo estando ali para recebê-lo, era como se eu não existisse para você.

Não era isso. Taichiro caminhava pensando em Keiko, mas não podia lhe confessar.

— Até essas coisas me entristecem. Sou uma pessoa egoísta... O que devo fazer para que você pense que eu existo?

— Sempre penso. — Sua voz era ríspida. — Também agora...

— Também agora... — murmurou Keiko. — Então pensa em mim agora? É estranho estarmos tão perto. E, por ser estranho, vou me calar e ouvir você falar...

O táxi passou por entre as novas fábricas das cidades de Ibaraki e Takatsuki. Na área montanhosa de Yamazaki, a destilaria Suntory surgiu iluminada.

— O avião não chacoalhou? — perguntou Keiko. — À tarde choveu muito em Kyoto e fiquei preocupada.

— Não, mas tive medo de batermos. Olhando pela janela, as montanhas escuras surgiam e parecia que iríamos nos chocar contra elas.

A mão de Keiko procurou a de Taichiro.

— Mas o que achei serem montanhas eram, na verdade, nuvens escuras — disse Taichiro. Sua mão se manteve imóvel sob a de Keiko. Por algum tempo a mão dela também não se mexeu.

O táxi entrou em Kyoto e virou a leste na Quinta avenida. Não ventava a ponto de agitar os galhos do salgueiro--chorão, e a chuva parecia ter deixado o ar mais fresco. Do outro lado da larga avenida, ao fim das fileiras verdes das árvores, ficavam as Colinas do Leste, imersas na escuridão noturna. Nessa noite nublada, não se distinguia a linha que as separava do céu. No lado oeste, Taichiro já podia sentir a atmosfera de Kyoto.

Subiram a rua Horikawa e chegaram ao escritório da Japan Airlines na avenida Oike.

Taichiro tinha reservado um quarto no Hotel Kyoto.

— Vou ao hotel deixar a bagagem. É bem perto daqui, vamos andando.

— Não, não quero. — Keiko balançou a cabeça em negativa e entrou de volta no táxi que ainda os esperava e obrigou Taichiro a fazer o mesmo.

— Para Kiyamachi, subindo a Terceira avenida — disse ela ao motorista.

— Pare no Hotel Kyoto durante o trajeto — instruiu Taichiro, mas Keiko o contrariou:

— Não é necessário. Vá direto, por favor.

Taichiro se surpreendeu com o caminho que passava por ruas estreitas até a pequena casa de chá em Kiyamachi. Foram conduzidos a uma sala de quatro tatames e meio com vista para o rio Kamo.

— Que vista agradável! — Taichiro estava encantado. — Keiko, como conhece um lugar como este?

— Minha mestra tem o costume de vir aqui.

— Por mestra, você quer dizer a senhorita Ueno? — Taichiro olhou para ela.

— Sim, a mestra Ueno. — Keiko respondeu e, em seguida, se levantou e deixou o recinto. Taichiro se indagou se ela pediria o jantar. Depois de cinco minutos ela voltou e sentou.

— Se for de seu agrado, gostaria que passasse a noite aqui. Telefonei cancelando sua reserva no hotel.

— Como? — Taichiro a fitou, atônito, enquanto ela apenas abaixou o olhar.

— Desculpe-me. Queria que você se hospedasse em um lugar que eu conhecesse.

Taichiro não sabia o que dizer.

— Por favor, fique aqui. Você estará em Kyoto por apenas dois ou três dias, não é?

— Sim.

Keiko ergueu o olhar.

Suas belas sobrancelhas eram perfeitamente alinhadas, dando um ar de inocência aos seus intensos olhos pretos. Seus pelos curtos pareciam ser de um tom mais suave do que os cílios. Usava apenas uma camada leve de batom de cor clara sobre os lábios de desenho e tamanho perfeitos. Não parecia estar usando blush ou pó de arroz.

— Pare! Por que me olha tanto assim? — disse Keiko, piscando os olhos.

— Seus cílios são tão longos...

— Não são postiços. Pode puxar, se quiser.

— Dão mesmo vontade de puxá-los.

— Pode puxar, não vou me importar... — Keiko fechou as pálpebras e aproximou o rosto. — Estão curvos, por isso parecem mais longos.

Ela esperou imóvel, mas Taichiro não ousou tocar seus cílios.

— Fique de olhos abertos. Levante um pouco o rosto e abra bem os olhos.

Keiko fez como Taichiro pediu.

— Quer que eu olhe diretamente para você, Taichiro?

Nesse momento, a atendente trouxe saquê, cerveja e petiscos.

— Prefere saquê ou cerveja? — perguntou Keiko, recostando-se. — Eu mesma não bebo.

Como o *shoji* voltado para a varanda estava fechado, não conseguiam ver o que se passava lá fora, mas muitos clientes pareciam bêbados e, junto com as gueixas, falavam em voz alta. Subitamente, todos se calaram quando se ouviu o som de *kokyu*[15] dos músicos ambulantes no caminho abaixo, à beira do rio.

— Quais são seus planos para amanhã? — perguntou Keiko.

— Primeiro vou visitar um túmulo na montanha, perto do Templo Nison'in. É a belíssima sepultura da família Sanjonishi.

— Um túmulo? Posso ir com você? Gostaria que me levasse ao lago Biwa para um passeio de lancha. Mas pode também ser em outro dia — disse, olhando na direção do ventilador.

— De lancha? — disse Taichiro, hesitante. — Nunca entrei em uma, não saberia dirigir.

— Eu sei.

— Você sabe nadar, Keiko?

— Para o caso de a lancha virar? — Keiko olhou para Taichiro. — Você iria me salvar, não? Eu me agarraria a você.

— Não, não pode fazer isso. Se se agarrar a mim, eu não conseguiria salvá-la.

— O que eu deveria fazer então?

---

15. Instrumento musical chinês de quarto cordas, tocado com um arco.

— Eu teria que segurá-la por trás, com meus braços em volta do seu corpo... — disse e logo desviou o olhar. Imaginar-se na água abraçando uma jovem tão deslumbrante lhe causou perturbação. Se não agarrasse Keiko com força e a fizesse flutuar, a vida dos dois estaria em perigo.

— Não me importo se a lancha virar — disse Keiko.
— Não posso ter certeza de conseguir salvá-la.
— O que iria acontecer se não conseguisse?
— Vamos parar com essa conversa. Não me sinto seguro em andar de lancha, é melhor desistir.
— Claro que não, quero ir! Não há motivo para se preocupar. Estava tão ansiosa por isso!

Keiko serviu um pouco mais de cerveja para Taichiro.
— Não quer trocar de roupa, vestir um *yukata*?
— Não, estou bem assim.

Em um canto do ambiente havia um *yukata* e uma veste feminina dobrada. Taichiro evitou olhar. O que significava ter essas vestes na sala reservada por Keiko?

Não havia um quarto anexo e Taichiro teria de se despir na frente dela se quisesse trocar de roupa.

A atendente trouxe a refeição, sem falar nada nem olhar para Keiko que, por sua vez, também se manteve calada.

O som de um *shamisen*[16] vinha de uma varanda um pouco afastada à beira do rio. Ouviam-se as conversas no

---

16. Instrumento musical de três cordas, parecido com o alaúde, tocado com uma palheta.

dialeto de Osaka, animadas pela bebida. Canções populares e sentimentais eram tocadas pelo músico ambulante de *kokyu* que aos poucos se distanciava.

De onde estava sentado, Taichiro não conseguia avistar o rio Kamo.

— Seu pai sabe que você veio para Kyoto? — perguntou Keiko.

— Meu pai? Sim, sabe — respondeu Taichiro. — Mas ele jamais imaginaria que você pudesse me buscar em Itami e estar comigo agora.

— Fico feliz em saber que está se encontrando comigo sem que seus pais saibam...

— Não é que eu esteja escondendo de meu pai... — titubeou Taichiro. — Mas é o que parece para você, não?

— Sim.

— E você, contou para a senhorita Ueno?

— Não disse uma palavra. Mas talvez tanto o senhor Oki quanto mestra Ueno possam ter intuído. Isso iria até me agradar.

— Mas não é provável. A senhorita Ueno nem sabe a nosso respeito. Ou você lhe disse alguma coisa?

— Contei que você me levou para conhecer Kamakura quando fui até sua casa. Ao dizer que gostava de você, ela empalideceu.

Taichiro permaneceu em silêncio.

— Acha que ela ficaria indiferente ao filho do senhor Oki, aquele com quem viveu um amor tão doloroso? Ela me contou quão perturbada ficou ao saber que sua irmã havia nascido logo depois de seu pai tê-la deixado. — Os olhos negros de Keiko brilharam com intensidade e suas bochechas ruborizaram levemente.

Taichiro continuou calado.

— Mestra Ueno trabalha em uma pintura, *Ascensão do recém-nascido*. É a imagem de um bebê sentado em uma nuvem de cinco cores, no estilo dos retratos de Kobo Daishi. Mas ela me contou que, na verdade, o bebê não poderia estar sentado, porque havia morrido em um parto prematuro com apenas oito meses. — Keiko pausou por um instante. — Se essa criança tivesse vivido, seria sua irmã, mais velha que sua irmã caçula.

— Por que está me contando tudo isso?

— Quero vingar mestra Ueno.

— Vingar? De meu pai?

— Sim, de seu pai, e de você também...

Sem conseguir manejar bem o hashi, Taichiro não conseguia retirar as espinhas da truta grelhada à sua frente. Keiko puxou para si o prato dele e habilmente as retirou.

— O senhor Oki disse alguma coisa sobre mim?

— Não. Meu pai e eu não conversamos sobre você.

— Por que não?

O semblante de Taichiro nublou diante da pergunta de Keiko. Sentiu como se uma mão fria tivesse tocado seu peito.

— Nunca conversei com meu pai sobre mulheres — confessou Taichiro.

— Sobre mulheres? Chama isso de conversa sobre mulheres? — sorriu Keiko de modo encantador.

— Que tipo de vingança você pensa em fazer comigo? — perguntou Taichiro com voz seca.

— Que tipo? Se eu lhe dissesse, acabaria com o plano...

Taichiro se manteve calado.

— Talvez minha vingança seja me apaixonar por você. — Seu olhar parecia distante, como se mirasse a estrada na outra margem do rio. — Não acha engraçado?

— De modo algum. Sua vingança seria então se apaixonar por mim?

Keiko aquiesceu com a cabeça, como se aliviada.

— É o ciúme feminino — murmurou Keiko.

— Ciúme? Ciúme de quê?

— Porque mestra Ueno continua a amar o senhor Oki. Apesar de seu sofrimento, não lhe guarda rancor algum...

— Você ama a senhorita Ueno tanto assim?

— Sim, o bastante para morrer...

— Não poderia reparar o passado de meu pai, mas o fato de estarmos aqui esta noite tem relação com o que se passou entre a senhorita Ueno e meu pai? Devo entender dessa maneira?

— Certamente. Se eu não vivesse com mestra Ueno, você não existiria para mim. Nunca teríamos sequer nos conhecido.

— Não gosto desse tipo de pensamento. Se uma jovem pensa desse modo, está assombrada por fantasmas do passado. Talvez por isso seu pescoço seja tão esguio e tão belo...

— Um pescoço fino significa nunca ter amado um homem... Isso é o que mestra Ueno diz. Mas detestaria que meu pescoço engrossasse.

Taichiro resistiu à tentação de agarrar o atraente pescoço da jovem.

— Parece o sussurro de um fantasma. Você deve estar sob algum feitiço, Keiko.

— Não, é apenas o amor.

— A senhorita Ueno não sabe nada a meu respeito, não é?

— Quando retornei de Kamakura, disse a ela que você devia ser igual ao senhor Oki quando jovem.

— Isso é ridículo! — respondeu Taichiro de maneira ríspida. — Não me pareço com meu pai!

— Isso o enfurece? Prefere não se parecer com ele?

— Desde que nos encontramos no aeroporto, você tem dito muitas mentiras para mim. Mente para me confundir e evitar que eu descubra o que realmente pensa.

— Não estou mentindo.

— Então é dessa maneira que costuma falar?

— Você está sendo cruel.

— Mas você mesma não havia dito que eu podia humilhá-la?

— Acha que assim eu irei contar a verdade? Não estou mentindo. Você apenas não quer me compreender! Não poderia ser você quem esconde o que realmente pensa, Taichiro? É por isso que estou infeliz.

— Está mesmo?

— Sim, estou. Talvez não, já não sei mais.

— Também não sei por que estou aqui com você, Keiko.

— Não é por que me ama?

— Sim, mas...

— Mas?

Taichiro não respondeu.

— Mas o quê? Mas o quê? — Keiko alcançou a mão de Taichiro e a envolveu nas dela, apertando-a.

— Keiko, você não comeu nada — disse Taichiro.

Keiko havia comido apenas duas ou três fatias de sashimi de pargo.

— A noiva não come em sua festa de casamento.

— Que coisas você diz!

— Não foi você quem começou a falar de comida?

Ardores de verão

Otoko tinha tendência de perder peso no verão. Quando era uma menina em Tóquio, não se importava se emagrecia ou não. Só foi perceber nitidamente quando completou vinte e dois anos e já havia se mudado para Kyoto. Foi sua mãe quem a fez notar.

— Também emagrece no verão, não é, Otoko? Herdou essa predisposição de mim. Você se parece comigo nos defeitos. Achei que fosse uma menina de personalidade forte, mas sua constituição física mostra que é mesmo minha filha. É incontestável.

— Não tenho personalidade forte.

— Tem um temperamento feroz.

— Não sou feroz!

Por personalidade forte ou feroz a mãe se referia certamente ao amor da filha por Oki. Mas talvez esse fosse só o ardoroso comportamento de uma garota tomada pela paixão.

Elas haviam se mudado para Kyoto a fim de afastar a tristeza de Otoko e aliviar sua dor; apreensiva, a mãe evitava que o nome de Oki fosse mencionado. Mas em uma cidade nova, sem conhecidos, a convivência próxima e o consolo ficavam restritos às duas, permitindo que a presença de Oki perdurasse em seus pensamentos. Tanto a mãe quanto a filha se viam como espelhos que refletiam não só a imagem de Oki, mas uma à outra.

Um dia, ao consultar o dicionário para escrever uma carta, Otoko se deparou com a palavra *omou*. Em japonês, significa "ter saudades", "não esquecer", bem como "entristecer". As definições lhe provocaram um aperto no coração. Não podia sequer consultar o dicionário sem encontrar Oki até mesmo ali. Nunca mais o abriu, com medo das inúmeras palavras que deviam remeter a ele. Para ela, estar viva era relacionar a Oki tudo que via e ouvia. Jamais pensou que possuísse um corpo diferente daquele abraçado e amado por ele.

Otoko sabia muito bem que a mãe tentava fazê-la esquecer. Era o único desejo dessa solitária mulher. Mas a filha não queria; antes parecia se agarrar à memória, como se dela dependesse sua vida. Se não fizesse assim, sentia que acabaria como uma casca vazia.

Aos dezessete anos havia deixado o quarto com janelas gradeadas da ala psiquiátrica, não porque o amor havia acabado, mas justamente por ter se tornado inabalável dentro dela.

— Tenho medo. Vou morrer, vou morrer. Pare, pare, eu... — Nos braços de Oki, Otoko se contorcia desesperadamente.

Ele então afrouxou o abraço e ela abriu os olhos. Suas pupilas brilhavam, úmidas.

— Não consigo ver seu rosto, garoto, está borrado como se estivesse em águas turvas. — Até mesmo nessas horas, a jovem chamava Oki de "garoto". — Se você morrer, não poderei continuar vivendo. Na verdade, não conseguiria. — Lágrimas brilhantes escorriam dos olhos de Otoko. Não eram de tristeza, mas de alívio.

— Mas se você morrer, Otoko, não haverá ninguém como você para se lembrar de mim — disse Oki.

— Não suportaria viver relembrando a pessoa amada depois de sua morte. Não conseguiria. Preferiria morrer. Você me deixaria morrer também...? — Otoko encostou o rosto no pescoço de Oki, movendo-o de um lado para o outro.

Pensando ser apenas uma conversa banal, Oki permaneceu algum tempo calado e depois disse:

— Se alguém apontasse um revólver ou me ameaçasse com uma faca, creio que você não hesitaria em se colocar à frente para me proteger, não é?

— Claro que não hesitaria. Com prazer eu morreria por você...

— Não falo de morrer em meu lugar, mas se surgisse diante de mim um perigo inesperado, você me defenderia no mesmo instante, sem nem mesmo pensar, não?

— Faria isso, sem dúvida... — concordou Otoko.

— Nenhum homem faria isso por mim. Apenas uma garotinha como você me protegeria com sua vida.

— Não sou uma garotinha. Eu não sou uma garotinha — repetiu Otoko.

— Mas onde você não é mais uma garotinha? — Oki tocou os seios de Otoko.

Nesse momento, Oki pensou na criança que ela carregava. Imaginou o que aconteceria se ele morresse subitamente. Mas Otoko só soube disso mais tarde ao ler *Uma garota de dezesseis anos*.

Tinha vinte e dois anos quando a mãe mencionou que emagrecia no verão, talvez sugerindo que a perda de peso da filha não estava mais relacionada com as lembranças de Oki.

Apesar da constituição por natureza delicada, com seus ombros curvos e corpo esguio, Otoko nunca havia ficado seriamente doente. Claro que definhou a olhos vistos após o parto prematuro, o término de seu caso amoroso com Oki e a tentativa de suicídio seguida pela internação psiquiátrica. O corpo, no entanto, havia se recuperado muito antes de seus sentimentos. Sua juvenil resiliência física parecia inapropriada aos sentimentos ainda feridos de Otoko. Se quando pensava em Oki o lamento não transparecesse tanto em seus olhos, ninguém perceberia a tristeza que trazia dentro de si. Mesmo a sombra ocasional desse anseio fazia com que parecesse ainda mais bela para as outras pessoas.

Desde criança, Otoko sabia que a mãe emagrecia no verão. De modo gentil, enxugava seu peito e as costas molhadas de suor, sem falar nada, acostumada a vê-la sofrendo com o calor. Por distração, a filha não tinha notado a herança da mesma predisposição até a mãe mencionar. Mesmo antes de completar dezenove anos já devia ter essa tendência.

A partir dos vinte e quatro anos, Otoko estava sempre de quimono, tornando seu emagrecimento menos evidente do que se usasse saias ou calças. Mesmo assim, percebia algumas partes do corpo mais magras no verão, fazendo com que se lembrasse da mãe, falecida há algum tempo.

A cada ano a perda de peso e o sofrimento com o calor de verão se agravavam.

— Que remédio seria bom para essa fadiga do calor? Vi vários anúncios no jornal, mas qual remédio a senhora recomendaria, mãe? — perguntou Otoko certa vez.

— Não sei. Todos parecem mais ou menos funcionar — respondeu a mãe, sem confiança. Depois de um tempo, continuou com outro tom de voz: — Otoko, o melhor remédio para o corpo de uma mulher é o casamento.

Otoko não respondeu.

— O homem é o remédio que dá vida a uma mulher neste mundo. Todas precisam tomá-lo.

— Mesmo se for um veneno?

— Mesmo assim. Você o tomou sem saber e ainda hoje não se dá conta, não é? Sei que pode encontrar um antídoto. Às vezes, é preciso um veneno para neutralizar outro. Mesmo que seja amargo, feche os olhos e engula de uma vez. Ainda que sinta enjoo e seja difícil de fazê-lo descer garganta abaixo...

A mãe de Otoko morreu sem que a filha tivesse tomado o remédio recomendado. Sem dúvida, foi sua maior tristeza. E Otoko nunca tinha considerado Oki um veneno. Mesmo quando estava no quarto de janelas gradeadas, jamais sentira ódio ou ressentimento em relação a ele. Estava apenas ensandecida de saudades. Em um curto espaço de tempo, a droga tóxica que ingerira para morrer havia sido retirada de seu corpo por completo, sem deixar vestígios. Oki e seu bebê também foram removidos, e as cicatrizes deveriam desaparecer aos poucos. Mas o amor por Oki não havia esvanecido nem perdido sua força.

O tempo passou. De maneira diferente para cada pessoa, seguindo fluxos diversos. Como um rio, em certas ocasiões ele escoava rápido e, em outras, lento. Acontecia também de não fluir, estagnar-se. Ainda que o tempo cósmico siga na mesma velocidade para todos, o tempo humano varia para cada um. Se o tempo flui igual para todos os seres humanos, cada ser humano flui no tempo de maneira diferente.

Não mais dezessete. Otoko tinha agora quarenta anos. Se Oki permanecia dentro dela, ao invés de fluir, o tempo não teria estagnado? Ou talvez a lembrança de Oki tenha escoado junto com ela, como flor carregada pela correnteza. Ela não saberia dizer como o tempo teria corrido para

Oki. Embora não tivesse se esquecido dela, sua vida deveria ter seguido outro ritmo. Que o tempo não flua do mesmo modo para duas pessoas, é um destino inevitável, mesmo para amantes.

Ao acordar hoje, como em todas as manhãs da estação, Otoko massageou levemente a testa com a ponta dos dedos antes de tocar o pescoço e as axilas. Sua pele estava molhada. Sentia como se a transpiração tivesse perpassado também o quimono de dormir que trocava todos os dias.

Keiko apreciava não só o odor da transpiração dela, mas a umidade que deixava a pele ainda mais macia, e às vezes queria desvestir suas roupas. Otoko, por sua vez, odiava o cheiro de suor.

Na noite anterior, Keiko havia voltado depois da meia-noite e meia, e se sentou inquieta, evitando o olhar da mestra.

Otoko estava deitada e, com um leque, tapava a claridade da lâmpada do teto, contemplando os quatro ou cinco esboços de rostos de bebê que havia pendurado na parede. Parecia absorta e olhara apenas de relance para Keiko:

— Bem-vinda de volta. Chegou tarde!

Na clínica, não haviam permitido que Otoko visse o bebê de oito meses que havia dado à luz. Disseram apenas que seus cabelos eram pretos. Perguntou então para a mãe como ele era.

"Um lindo bebê. Parecia-se com você", respondeu a mãe, mas Otoko sentiu que dissera aquilo apenas para confortá-la.

Nunca tinha visto recém-nascidos. Nos últimos anos, tinha visto fotografias, mas todos lhe pareceram feios. Viu a foto de um bebê ainda ligado à mãe pelo cordão umbilical, e achou bastante repulsivo.

Sendo assim, Otoko não conseguia visualizar o rosto ou o corpo de seu próprio bebê. Era uma miragem dentro de si. Sabia bem que a criança em *Ascensão do recém-nascido* não teria o rosto de sua filha natimorta de oito meses e nem cogitava pintá-la com realismo. Desejava exprimir o pesar e afeto pela perda do bebê que não pudera ver. Após tanto tempo acalentando esse desejo, a imagem do bebê morto havia se tornado uma espécie de símbolo de sua saudade e ao qual recorria em momentos de tristeza. Nessa pintura, precisava representar a sua própria sobrevivência ao longo desses anos, bem como a beleza e tristeza de seu amor por Oki.

Apesar do empenho, Otoko não conseguia desenhar o rosto desse bebê a contento. A seu ver, a maioria dos rostos de anjos e de Cristo nos braços da Virgem tinham o formato delineado demais, com a aparência artificial de feições adultas em um diminuto rosto sagrado. Não queria pintar um rosto de traços fortes e evidentes, mas algo indefinido, sem que parecesse abstrato. Como um espírito em meio à luz, não pertenceria nem a este nem ao outro mundo, e iria exalar uma sensação de gentileza e tranquilidade, assim como uma tristeza profunda e infinita.

Se desejava fazer o rosto dessa forma, não sabia como iria retratar o corpo enrugado de um bebê prematuro.

Como faria o fundo e os motivos menores? Otoko olhou inúmeras vezes os álbuns de Redon e também de Chagall, cujas delicadas fantasias não haviam conseguido suscitar o imaginário oriental de Otoko.

Mais uma vez as antigas pinturas budistas de Kobo Daishi surgiram diante de seus olhos. Os retratos se baseavam na história do monge que, quando criança, teria se visto em sonhos, sentado dentro de uma flor de lótus de oito pétalas, conversando com Buda. Nas pinturas mais antigas, a figura está sentada com expressão pura e austera, mas, ao longo do tempo, seus traços se tornaram mais suaves e adquiriram um sedutor encanto, a ponto de o menino santo ser confundido com uma formosa menina.

Na noite anterior ao Festival da Lua Cheia, quando Keiko pedira que a pintasse, Otoko havia percebido que sua profunda preocupação com a *Ascensão do recém-nascido* é que a tinha feito pensar em representar a aluna sob a figura da clássica Virgem à maneira dos retratos de Kobo Daishi. Mas depois, uma nova dúvida surgiu.

Talvez a atração pelos retratos do menino santo pudesse revelar uma certa vaidade e narcisismo. Não teria ela o desejo oculto de um autorretrato? Nas imagens sagradas da Virgem e de Kobo Daishi não estaria buscando uma visão santificada de si mesma? A dúvida a atingia como uma espada, em um golpe infligido por suas próprias mãos contra sua vontade. Ela não permitiu que a lâmina afundasse ainda mais em seu peito e a retirou. No entanto, restou a cicatriz que, por vezes, lhe doía.

Claro que Otoko não tinha a intenção de copiar o estilo de Kobo Daishi e aplicá-lo na pintura de seu bebê natimorto ou de Keiko, mas essa imagem resistia, escondida dentro de si. Os próprios títulos que havia escolhido para as obras, *Ascensão do recém-nascido* e *Retrato de uma Virgem*, revelavam o desejo de purificar e até santificar seu amor pelo bebê natimorto e por Keiko. Sentiu-se constrangida em nomear a pintura de Keiko de *Retrato de uma Virgem* e a provocou dizendo ser interessante chamá-la de *Jovem pintora abstracionista*, embora não acreditasse seriamente que o estilo dela pudesse ser chamado de abstrato, pela definição dos dias de hoje. Naquela noite, Otoko estava sendo sincera quando disse que pintaria seu retrato como uma pintura budista, repleta de amor.

Em sua primeira visita, Keiko tomara a pintura da mãe por um encantador autorretrato. Depois disso, a cada vez que olhava para o quadro na parede, Otoko se recordava do equívoco e das palavras da aluna. A saudade da mãe fez com que a retratasse jovem e bela, mas talvez houvesse ali também uma dose de vaidade. Apesar da natural semelhança entre ambas, acreditando pintar a mãe poderia estar pintando a si mesma.

Não é preciso dizer que uma natureza-morta ou paisagem é expressão do próprio artista, de sua mente e personalidade. Mas a piedade e suave tristeza que havia no retrato da mãe estariam também em um autorretrato. As composições de Kobo Daishi transmitiam tal comiseração. Existiam muitas pinturas tradicionais japonesas de inspiração budista, bem como retratos de mulheres. Mas teria Otoko se apegado às pinturas do menino divino devido a sua graciosidade ou por uma agradável piedade? Mesmo não sendo devota de Kobo Daishi, não podia deixar de admirar essas imagens que, em sua ternura, evocavam seu próprio lamento.

O amor de Otoko por Oki, pelo bebê natimorto e pela mãe perdurava, mas poderia se manter intacto desde a época em que constituíra uma realidade tangível? Não poderia esse amor ter se convertido em vaidade? Claro que não seria de maneira consciente, mas nunca havia suspeitado ou refletido sobre o assunto. Embora a morte tenha separado Otoko de seu bebê e da mãe, e a vida a afastado de Oki, os três ainda viviam dentro dela. Na verdade, não eram eles que viviam, mas a própria Otoko é que lhes dava vida. Sua imagem de Oki não estava estagnada, mas fluía junto com ela através do tempo; talvez as cores do amor-próprio tingissem e transformassem suas lembranças. Nunca havia lhe ocorrido que as memórias do passado pudessem ser como fantasmas ou aparições famintas. Mas por certo era normal que uma mulher, separada de seu amante desde os dezessete anos e tendo vivido sozinha desde então, sem outro amor ou casamento, guardasse com carinho e se apegasse às lembranças de seu amor trágico, e que houvesse um tanto de narcisismo nessa complacência.

Mesmo que Otoko tenha se deixado levar no início pelo ardor de sua aluna, mais jovem e do mesmo sexo, não teria sido também por narcisismo? Se não fosse por isso, não teria pensado em retratar Keiko, ao invés de nua como ela havia insinuado, com ares da Virgem ou sentada em uma flor de lótus como Kobo Daishi.

— Mestra, faça meu retrato... antes que eu me torne essa mulher fatal. Por favor. Para a senhora, posarei nua.

Não estaria tentando criar uma imagem pura e amável de si própria ao retratar Keiko assim? A garota de dezesseis anos que amara Oki sempre existiria dentro de si, ao que parece, sem jamais crescer. Mas Otoko não tinha consciência disso, como se no fundo se recusasse.

Depois das noites abafadas de Kyoto, Otoko habitualmente se levantava assim que abria os olhos, cuidadosa de sua higiene pessoal, sem tolerar o odor de suor de seu corpo e de sua roupa. Naquela manhã, porém, ela continuou deitada de lado, voltada para os esboços do bebê na parede, contemplando-os como na noite anterior. Apesar da breve passagem da criança por este mundo, Otoko queria pintá-la como um espírito infantil que não viera à luz nem jamais vivera no mundo dos homens. Mas tinha dificuldade em captar e definir esses traços.

De costas para Otoko, Keiko ainda dormia. Tinha afastado a extremidade da fina manta de linho que a envolvia, prendendo-a com os braços abaixo do peito. Estava deitada de lado, com as pernas dobradas, cobertas até o tornozelo.

Como vestia quimono com frequência, seus dedos dos pés não se apertavam em sapatos de salto alto; eram longos e esguios e, de tão diferentes que eram dos seus, faziam com que Otoko evitasse de olhá-los.

Quando os segurava nas mãos sem vê-los, tinha uma agradável mas estranha sensação ao pensar que dificilmente pertenceriam a uma mulher de sua própria geração, a um ser humano.

O perfume de Keiko pairava no ar, forte demais para uma jovem. Sabendo que ela se perfumava apenas em raras ocasiões, Otoko se perguntava qual teria sido o motivo da noite anterior.

Ao voltar tarde da noite, não quis perguntar de onde a aluna vinha. Inteiramente absorta, continuou a observar os esboços na parede.

Sem antes se limpar na sala de banho, Keiko se deitou assim que voltou, adormecendo rápido. Talvez achasse isso por ela mesma ter dormido logo.

Otoko então se levantou, deu a volta na cama, olhou para o rosto adormecido de Keiko e começou a abrir o *amado*. A jovem costumava acordar disposta e se levantava de pronto para ajudá-la. Esta manhã, porém, Keiko apenas se sentou na cama e a observou. Ao terminar de abrir também os *shoji*, Otoko voltou ao quarto.

— Desculpe, mestra. Não consegui dormir antes das três da manhã... — disse Keiko, de pé, enquanto arrumava o leito de Otoko.

— Ficou incomodada com o calor?

— Talvez...

— Não guarde minha roupa de dormir. Vou lavá-la.

Levando a roupa, Otoko seguiu para a sala de banho para se lavar. Keiko foi até o lavabo, parecendo ter pressa para escovar os dentes.

— Keiko, não quer se lavar também?

— Está bem.

— Parece que você dormiu ainda com o perfume de ontem.

— É mesmo?

— Claro que sim! — Otoko notou a distração de Keiko. — Onde você esteve ontem à noite?

Keiko não respondeu.

— Lave-se. Você irá se sentir melhor.

— Sim, mais tarde...

— Mais tarde? — Otoko olhou para Keiko.

Quando Otoko saiu da sala de banho, Keiko abria a gaveta da cômoda para escolher um quimono.

— Vai sair? — perguntou Otoko com voz ríspida.

— Sim.

— Vai se encontrar com alguém?

— Sim.

— Com quem?

— Com Taichiro.

Otoko não entendeu de imediato.

— Taichiro, do senhor Oki — disse Keiko com firmeza, sem hesitar. Apenas propositalmente omitiu "filho".

Otoko não soube o que dizer.

— Ele chegou ontem e fui até o aeroporto de Itami para buscá-lo. Prometi que lhe mostraria Kyoto hoje ou talvez seja ele quem me leve. Mestra, não estou lhe escondendo nada. Vamos primeiro ao Templo Nison'in, há um túmulo na montanha que ele deseja visitar.

— Um túmulo? Na montanha? — repetiu Otoko, sem compreender.

— Sim, disse que é o túmulo de um nobre da corte do período Higashiyama.

— Ah, é mesmo?

Keiko tirou sua veste de dormir e, voltando suas costas nuas para Otoko, disse:

— Devo vestir o *nagajuban*? Hoje vai fazer calor, mas não seria educado ir só de *hadajuban*[1], não é?

Sem dizer palavra, Otoko assistia à jovem vestir o quimono.

— Agora falta apertar bem o *obi*... — Keiko puxou com força com as mãos atrás das costas.

---

1. *Nagajuban*: é uma espécie de roupão que vai entre o *hadajuban* e o quimono. *Hadajuban*: é uma peça usada por baixo do *nagajuban*; antigamente fazia as vezes de roupa íntima para quimono. Pode ser uma peça única ou duas peças, a superior (semelhante a uma blusa) e a inferior (semelhante a uma saia).

Keiko fazia uma maquiagem leve enquanto Otoko a observava. No espelho, uma via o reflexo da outra.

— Mestra, não me olhe assim...

Otoko voltou a si e tentou relaxar o semblante severo, mas seu rosto continuou tenso.

Keiko virou-se para um dos espelhos laterais da penteadeira e ajeitou uma mecha de cabelo acima da delicada orelha, dando por terminada a maquiagem. Fez menção de se levantar, sentou-se de novo e pegou o frasco de perfume.

— Mas o perfume de ontem não é suficiente? — Otoko franziu as sobrancelhas.

— Não se preocupe.

— Keiko, está nervosa, não está?

Keiko não disse nada.

— Por que vai encontrá-lo?

— Taichiro disse que viria para Kyoto e avisou o horário do voo.

Keiko se levantou e, às pressas, dobrou e guardou na cômoda os outros dois quimonos que havia separado.

— Dobre-os direito — ordenou Otoko.

— Sim.

— Terá que dobrá-los de novo.

— Sim. — Mas Keiko nem se virou para a cômoda.

— Keiko, venha aqui! — A voz de Otoko se tornou severa.

Keiko se sentou de frente, fitando diretamente Otoko. Esta desviou o olhar e disse de modo inesperado:

— Vai sair sem tomar o café da manhã?
— Vou. Jantei tarde ontem à noite, não estou com fome.
— Ontem à noite?
— Sim.
— Keiko — chamou Otoko novamente. — O que pretende fazer ao se encontrar com ele?
— Não sei.
— Você quer encontrá-lo?
— Sim.
— É você que quer encontrá-lo, não é? — Apesar de sabê-lo pela inquietação de Keiko, Otoko perguntou, como se quisesse ainda se certificar: — Por quê?
Keiko não respondeu.
— Precisa mesmo encontrá-lo? — Otoko abaixou o olhar.
— Não quero que vá. Não se encontre com ele.
— Por que não? Ele não tem relação nenhuma com a senhora!
— Tem.
— A senhora nem o conhece!
— Como é capaz de se encontrar com ele depois do que se passou em Enoshima?
Otoko repreendia Keiko que, depois da noite com o pai, agora se encontraria com o filho, evitando pronunciar os nomes de Oki e Taichiro. A jovem respondeu:
— O senhor Oki é seu antigo amante, mas a senhora nunca conheceu Taichiro e não tem nenhuma relação com ele. É apenas o filho do senhor Oki. Não é seu filho...

As palavras atingiram Otoko e fizeram-na lembrar que, pouco após a morte de seu bebê prematuro, a esposa de Oki dera à luz uma menina, Kumiko.

— Keiko, você está seduzindo esse rapaz, não é?

— Foi Taichiro quem me avisou do horário do voo.

— O relacionamento entre vocês dois já permite buscá-lo em Itami e passearem juntos por Kyoto?

— Mestra, "relacionamento" não me parece apropriado.

— Se não for, o que é então? Devo dizer que está "envolvida" com ele? — Otoko enxugou com as costas da mão o suor frio da testa pálida. — Você é uma pessoa horrível.

Um brilho misterioso perpassou os olhos de Keiko.

— Mestra, eu odeio homens...

— Fique. Não vá. Se for encontrá-lo, não precisa voltar. Se sair, não volte mais para esta casa.

— Mestra... — Os olhos de Keiko estavam úmidos.

— O que você pretende fazer com Taichiro? — As mãos de Otoko tremiam sobre os joelhos. Fora a primeira vez que havia dito "Taichiro".

Keiko se levantou e disse:

— Mestra, estou indo.

— Por favor, não vá.

— Bata em mim, mestra! Bata em mim como naquele dia em que fomos ao templo dos musgos...

Otoko ficou em silêncio.

— Mestra — Keiko permaneceu imóvel, mas depois saiu correndo, como quem se esquiva.

Otoko sentiu então seu corpo inteiro encharcado de suor. Continuou a observar fixamente o brilho do sol da manhã nas folhas do bambu *shihochiku*[2] do jardim. Levantou-se, afinal, e seguiu para a sala de banho. Assustou-se com o barulho da água após ter aberto por demais a torneira. Rapidamente a fechou, ajustou a vazão para uma tênue corrente e começou a se banhar. Acalmou-se um pouco, mas sentia um persistente peso em sua cabeça. Pressionou uma toalha molhada contra a testa e a nuca.

De volta ao quarto, sentou-se diante do retrato da mãe e dos esboços do rosto do bebê. Estremeceu de repugnância por si mesma. O sentimento provinha do convívio com Keiko, mas se estendia por toda a sua existência, drenando suas forças e fazendo dela um ser miserável. Para que vivia? Por que ainda vivia?

Otoko quis chamar a mãe. Lembrou-se de *Retrato da mãe idosa*, de Tsune Nakamura[3], pintado antes de morrer e deixar a mãe sozinha. O fato de a última obra retratar justamente a mãe comovia Otoko profundamente. Mesmo

---

2. Nome científico: *Tetragonocalamus quadrangularis*. Seus brotos são comestíveis. Diferentemente de outras espécies de bambus, que possuem caule redondo, este possui formato quadrado.
3. Pintor de estilo ocidental (1887-1924), morreu de tuberculose aos trinta e sete anos.

que nunca tivesse visto o original, apenas uma reprodução, sentia que o quadro mexia com suas emoções.

O jovem Nakamura havia retratado sua amante com força e sensualidade, e dizia-se que seu uso abundante do vermelho fora influência de Renoir. Sua obra mais notável e conhecida, *Retrato de Eroshenko*, era uma expressão silente e piedosa da nobreza e melancolia do poeta cego, pintado com cores quentes e belas. Em *Retrato da mãe idosa*, no entanto, o estilo era simples, com cores escuras e frias. A mulher idosa, curvada e macilenta está sentada de perfil em uma cadeira, tendo ao fundo uma parede forrada de madeira até pouco mais de meia altura. No nível de sua cabeça, de um lado, avista-se um jarro de água em um nicho cavado na parede e, do outro, um termômetro pendurado. Otoko não sabia se o pintor o havia adicionado devido à composição do quadro, mas tinha ficado impressionada com ele e também com o rosário que pendia entre os dedos entrelaçados, pousados sobre os joelhos. Achava que os objetos representavam os sentimentos do artista que iria preceder sua velha mãe na morte. Era o tema do próprio quadro.

Otoko pegou o álbum de pinturas de Tsune Nakamura no armário e comparou o *Retrato da mãe idosa* com o retrato de sua própria mãe. Ela havia escolhido pintar uma mãe jovem, mesmo que já tivesse morrido. Além disso, aquela não era sua última obra e nem ali pairava a sombra da morte. Não havia nada em comum entre seu estilo clássico japonês e a influência ocidental de *Retrato da mãe idosa*. Diante da reprodução de Nakamura, Otoko percebeu o sentimentalismo de sua própria pintura. Fechou os olhos, apertando as pálpebras com força e sentiu sua pressão baixar, como se prestes a desmaiar.

Pintara sua falecida mãe movida pelo consolo de tê-la perto de si. E não podia retratá-la senão na plenitude de sua juventude e beleza. Como parecia raso e indulgente se comparado com a devoção do pintor à beira da morte! Mas a vida de Otoko não teria sido assim também?

Feita já depois da morte dela, a pintura não tivera a mãe como modelo e havia se baseado em fotografias para retratá-la ainda mais jovem e bela. Sabendo o quanto mãe e filha se pareciam, às vezes pintava utilizando um espelho para observar o seu próprio rosto. Talvez fosse natural que o retrato tivesse algo de ingênuo, mas não seria possível também verificar a falta de uma alma mais profunda?

Otoko se lembrou de que sua mãe nunca mais havia permitido ser fotografada sozinha depois que haviam se mudado para Kyoto. O fotógrafo da revista, vindo de Tóquio por causa do artigo sobre Otoko, quis tirar uma foto das duas juntas, mas a mãe fugiu. Pela primeira vez Otoko compreendeu que podia ser devido ao sofrimento dela. Reclusa e com vergonha, vivia com a filha em Kyoto após ter cortado os laços com seus amigos mais próximos de Tóquio. Otoko também se sentia à margem, mas como tinha apenas dezessete anos, sua solidão e isolamento eram diferentes daqueles de sua mãe. Também diferia dela pelo amor que mantinha por Oki, ainda que o sentimento só servisse para feri-la.

Comparando o retrato de sua mãe e aquele feito por Tsune Nakamura, Otoko pensou se não deveria pintá-la de novo.

Keiko fora se encontrar com Taichiro, o que Otoko sentiu como um abandono, uma angústia que não conseguia conter.

Nessa manhã, Keiko não havia mencionado a palavra "vingança" como habitualmente. Disse que odiava os homens, algo que não devia ser levado em consideração. A jovem se traíra com um pretexto estranho, dizendo que tinha jantado tarde na noite anterior, saindo sem tomar café da manhã. O que será que pretendia fazer com o filho de Oki? O que iria ser delas duas? O que alguém como Otoko, presa durante vinte e quatro anos ao amor por Oki, poderia fazer? Sentiu que não podia mais permanecer ali sentada, esperando.

Incapaz de impedir Keiko de sair, restava agora a Otoko ir atrás dos dois e ela mesma alertar Taichiro. Mas Keiko não havia dito onde ele estava hospedado nem onde iriam se encontrar.

Lago

Quando Keiko chegou à casa de chá em Kiyamachi, Taichiro já a aguardava na varanda, vestindo roupas ocidentais.

— Bom dia! Conseguiu dormir bem? — Keiko se aproximou e encostou na grade da varanda. — Você estava à minha espera?

— Levantei cedo. Acabei acordando com o som do rio — disse Taichiro. — E vi o sol nascer nas colinas do leste.

— Tão cedo assim?

— Sim. Mas com as colinas tão perto, não se parece com um típico nascer do sol. Com a luz da manhã, o verde ganha tons mais claros e as águas do rio Kamo brilham.

— Passou o tempo todo observando?

— Foi interessante ver as ruas do outro lado do rio acordando.

— Mas não conseguiu dormir? Não gostou de sua hospedagem? — continuou Keiko, como se sussurrasse. — Ficaria contente se não tivesse conseguido dormir por minha causa.

Taichiro não respondeu.
— Não vai dizer que foi por minha causa?
— Sim, foi por sua causa, Keiko.
— Disse como se não tivesse outra alternativa, só por eu ter insistido.
— Mas você conseguiu dormir bem, não é? — disse Taichiro fitando Keiko.
Ela mentiu:
— Não.
— Seus olhos parecem bem descansados, brilham como se tivessem luz própria...
— É porque meu coração está iluminado. Por sua causa, Taichiro. Não importa que eu não durma por uma ou duas noites.

Os olhos resplandecentes de Keiko se mantinham fixos, parecendo envolver Taichiro com suavidade. Ele segurou a mão dela.
— Que mão fria —sussurrou ela.
— Sua mão está quente — disse Taichiro, apalpando cada um dos dedos de sua mão, emocionado com sua delicadeza. Eram tão finos e frágeis que nem pareciam humanos. Seria fácil arrancá-los com os dentes. Taichiro teve vontade de levá-los à boca. Os dedos deixavam transparecer a fragilidade da jovem. De perto, via o perfil de Keiko, sua orelha bem desenhada, seu esguio e longo pescoço.

— É com esses dedos finos que pinta seus quadros? — Taichiro aproximou a mão de Keiko dos lábios. Ela olhou para seus próprios dedos. Seus olhos estavam úmidos.

— Está triste?

— Não, estou feliz... — Nesta manhã, lágrimas iriam escorrer ao seu menor toque.

Taichiro ficou calado. Keiko continuou:

— Sinto que algo acaba dentro de mim.

— E o que é?

— Não deveria me perguntar.

— Não está acabando, mas começando. O fim de alguma coisa é o começo de outra.

— Mas o que acabou, acabou. O começo é algo diferente. É assim com as mulheres, elas renascem.

Taichiro estava prestes a abraçá-la, por isso afrouxou a mão que segurava os dedos de Keiko. Ela se encostou de leve nele, que segurou a grade da varanda.

Ouviu-se o latido agudo de um cachorro rio abaixo. Uma senhora de meia-idade da vizinhança levava um pequeno terrier pela coleira. Ele começou a latir ao encontrar um grande cão akita que o ignorava. O jovem que o levava se vestia como um *chef itamae*[1] de um dos pequenos restaurantes próximos. A senhora se agachou e pegou o terrier no colo que passou a se debater e latir ainda mais. Quando a dona deu as costas para o akita, o cão parecia agora latir

---

1. *Chef* especializado em culinária japonesa.

para Taichiro e Keiko. Enquanto segurava a cabeça do terrier, a mulher ergueu o olhar para a varanda e sorriu educadamente.

— Odeio cachorros. Se um cão latir para você logo cedo, é sinal de um mau dia — disse Keiko, escondendo-se atrás de Taichiro. Continuou assim, mesmo depois que o terrier parou de latir, com a mão pousada sobre o ombro dele.

— Taichiro, está contente por estar comigo?

— Claro.

— Será que está tão feliz quanto eu? Receio que, na verdade, não.

Enquanto pensava em quão femininas haviam sido suas palavras, Taichiro sentiu inesperadamente a perfumada respiração dela em sua nuca. De leve, os seios roçavam suas costas, e ele pôde sentir o calor suave que emanava de seu corpo. A sensação de que Keiko agora lhe pertenceria se espalhou por dentro dele. Ela havia deixado de ser incomum e incompreensível.

— Você parece não perceber como eu desejava vê-lo, Taichiro. Achei que nunca mais o encontraria, a menos que fosse em Kamakura — disse. — É estranho estarmos juntos assim.

— Acha estranho?

— Quero dizer, desde que nos conhecemos, pensava em você todos os dias e, por isso, sinto como se o encontrasse sempre. Mas você tinha se esquecido de mim, não é? Só se lembrou ao vir para Kyoto.

— Estranho é você dizer isso, Keiko.
— É mesmo? Então às vezes pensou em mim?
— Sim, mesmo que me doesse.
— Mas por quê?
— Por me lembrar de sua professora e do sofrimento de minha mãe quando jovem. Eu ainda era pequeno para entender, mas tudo está em detalhes no romance do meu pai. Quando minha mãe vagava pela cidade à noite me levando nos braços, ou como deixava a tigela de arroz cair e começava a chorar. Quando saía e se afastava cada vez mais de casa, talvez sem estar me segurando direito, e então eu chorava sem parar, mas ela nem ouvia os meus gritos. Tinha apenas vinte e três anos e parecia estar ficando surda. Mas... — Taichiro hesitou — o romance continua vendendo até hoje. É irônico que graças aos muitos anos de venda desse livro é que meu pai assegurou a renda da família, pagou meus estudos e as despesas com o casamento da minha irmã.
— E o que há de errado nisso?
— Não estou reclamando, mas, se for pensar bem, é algo estranho. Como filho, não posso deixar de detestar o livro que retrata minha mãe como uma mulher enlouquecida de ciúme. No entanto, todas as vezes que lançam uma nova edição e ganha nova impressão em formato *bunkobon*[2],

---

2. Livro em formato A6, uma versão econômica do livro com encadernação luxuosa.

é minha mãe quem carimba os cinco ou dez mil selos do autor[3] enviados pela editora. Ela mantém a expressão de uma boa senhora de meia-idade ao carimbar um após o outro os selos da nova tiragem do livro que descreve esse seu lado constrangedor.

Keiko não disse nada. Taichiro prosseguiu:

— Talvez, para ela, seja uma tempestade que já passou. A casa está em paz. Seria de se esperar que, sendo a esposa do autor desse romance, as pessoas a desprezassem, mas, pelo contrário, parece que a respeitam e estimam mais.

— Afinal, ela é a esposa do senhor Oki.

— No entanto, sua mestra vive até hoje naquele livro. E sem se casar...

— Sim, é verdade.

— O que meus pais devem sentir a respeito disso? Parece terem se esquecido por completo de Otoko Ueno. Às vezes, é insuportável aceitar que fui sustentado pelos direitos autorais desse livro, sacrificando a vida de uma garota de dezesseis anos... E você me disse que quer vingá-la...

— Não. Minha vingança já acabou. — Keiko encostou o rosto no pescoço de Taichiro. — Estou apenas por mim mesma.

Taichiro se virou e colocou as mãos ao redor dos ombros de Keiko, que sussurrou:

---

3. Selo em que consta o carimbo do autor, colado no colofon do livro. O número de selos era usado como base para calcular os direitos autorais.

— Mestra Ueno disse que não preciso voltar mais.
— Por quê?
— Porque eu vinha me encontrar com você.
— Você contou a ela?
— Contei.
Taichiro ficou em silêncio.
— Ela me pediu para não vir. Disse que, se eu viesse mesmo assim, não precisaria mais voltar.
Taichiro afastou a mão dos ombros dela. De repente, notou que o número de carros transitando do outro lado do rio havia aumentado. As cores das Colinas do Leste também haviam mudado, assumindo matizes verdes.
— Não deveria ter contado a ela? — perguntou Keiko, atenta à expressão severa de Taichiro.
— Não é isso — a voz dele hesitou. — Mas parece que estou me vingando da senhorita Ueno por minha mãe.
Assim que disse isso, Taichiro saiu da varanda e entrou no cômodo.
— Vingar sua mãe? Jamais teria pensado nisso. Que coisa estranha de se dizer!
Keiko seguiu Taichiro.
— Vamos? Ou talvez seja melhor você voltar para casa, Keiko.
— Não seja cruel.
— Em vez do pai, agora é o filho que perturba a vida da senhorita Ueno.

— Sinto muito por ter falado em vingança na noite passada. Peço desculpas.

Ao pegar um táxi na frente da casa de chá, Taichiro achou natural Keiko ter vindo junto e ficou calado no trajeto que atravessou a cidade até o Templo Nison'in, em Saga.

— Posso abrir toda a janela? — limitou-se a perguntar.

Keiko concordou calada, com um meneio de cabeça, e, em seguida, pôs sua mão sobre a de Taichiro, acariciando-a de leve com seu dedo indicador. A mão era macia e estava um pouco úmida.

Dizia-se que o portão principal do Templo Nison'in havia sido trazido do castelo Fushimi Momoyama em 1613 pelo poderoso clã da época, os Suminokura. Detinha mesmo a imponência do portão de um castelo.

— Pelos raios do sol, parece que hoje será um dia quente — disse Keiko. — É a primeira vez que venho aqui.

— Eu já pesquisei um pouco sobre Teika Fujiwara... — disse Taichiro.

Enquanto subia os degraus de pedra que levavam ao portão, virou-se para Keiko. A barra de seu quimono ondulava levemente com seus ágeis passos.

— Sabe-se que Teika viveu ao pé do monte Ogura, mas são indicadas três localidades diferentes para a casa Shiguretei, o "Pavilhão da Chuva de Outono", não ficando claro qual delas seria a verdadeira. Uma fica atrás do Templo Nison'in, outra no templo vizinho, Jojakko-ji, e a última, no Templo Enrian...

— A mestra já me levou uma vez a Enrian.

— É mesmo? Então você viu o poço de onde Teika teria retirado a água para seu tinteiro de nanquim com que compilou sua antologia *Ogura Hyakunin Isshu?*

— Não me lembro de ter visto.

— A água ficou conhecida como *yanagi no mizu*, ou a "água do salgueiro".

— Ele teria realmente utilizado a água desse poço?

— Como a poesia de Teika foi muito venerada, acabaram sendo inventadas lendas a seu respeito. Principalmente no período Muromachi, ele foi considerado o maior poeta e literato do Japão.

— O túmulo dele também está aqui?

— Não, fica no Templo Shokoku-ji. Em Erian, existe um pequeno pagode de pedra no local onde dizem ter sido cremado...

Keiko não disse mais nada, e Taichiro percebeu que ela devia ignorar quase tudo sobre Teika Fujiwara.

Havia pouco, quando o táxi passou pelo lago Hirosawa e Taichiro viu o reflexo da bela montanha de pinheiros na margem oposta, a paisagem o fez refletir sobre os mil anos de história e literatura relacionados à região de Saga. Das margens do lago, para além do perfil baixo e de inclinação suave do monte Ogura, avistava-se o monte Arashi.

A lembrança dos clássicos provocada pela vista parecia aflorar com mais frescor devido à presença de Keiko. Sentia com mais intensidade estar, de fato, na antiga capital.

Mas a impetuosidade e furor da jovem não seriam a seu ver abrandados por meio dessa paisagem? Ao pensar nisso, olhou para ela.

— Por que me olha desse jeito estranho? — Ela pareceu um pouco embaraçada e então lhe estendeu a mão. Taichiro a segurou com suavidade.

— É estranho estar aqui com você... Me faz indagar onde estou.

— Também me pergunto. E quem seria essa pessoa ao meu lado? — Keiko tomou a mão de Taichiro e fincou-lhe as unhas. — Eu não saberia dizer.

Densas sombras cobriam a larga alameda que levava do portão principal ao templo, em um esplêndido corredor de pinheiros vermelhos entremeados com bordos. Até as pontas dos galhos estavam imóveis e suas sombras brincavam sobre o rosto e o quimono branco de Keiko ao caminhar. Um ou outro ramo de bordo pendia baixo o bastante para ser tocado.

Ao final da alameda, avistaram um muro no topo de uma escada de pedra. Ouvia-se o som de água caindo. Subiram os degraus e seguiram à esquerda. A água escorria de uma abertura na base do muro, ao lado de um portão simples.

— Não há ninguém aqui — disse Keiko ao lado do portão, no topo da escadaria.

— É estranho que um templo tão famoso tenha poucos visitantes. — Taichiro parou próximo a ela.

O monte Ogura erguia-se diante deles. Do telhado de cobre do átrio principal do templo emanava uma silenciosa dignidade.

— Olhe à esquerda. Aquela antiga árvore de mochi[4] é a mais célebre das Colinas do Oeste. — Taichiro se aproximou.

A árvore mostrava uma copa de galhos nodosos pela idade, mas de alto a baixo estava coberta por folhas verdes recém-formadas. Esses ramos mais novos, apesar de menores, possuíam uma força latente.

— Sempre gostei dessa antiga árvore e me lembrava bem dela, mas fazia anos que não a via assim...

Taichiro falou apenas da árvore de mochi e não explicou que o nome do templo tinha origem nas placas caligrafadas pelo próprio imperador e expostas no pavilhão principal.

Retornaram passando à direita do átrio dedicado à deusa Benten e, olhando para a longa escadaria de pedra, Taichiro disse:

— Keiko, você consegue subir de quimono?

Esboçando um sorriso que deixou brevemente entrever seus belos dentes entre os lábios, Keiko balançou a cabeça negativamente.

— Acho que não.

Taichiro não disse nada.

— Mas você segura minha mão e me ajuda. Se preciso, você pode me carregar.

---

4. Nome científico: *Ilex integra*.

— Vamos devagar.
— É lá no alto?
— Sim, o túmulo de Sanetaka fica no topo dessa escadaria.
— Você veio para Kyoto por causa desse túmulo. Não para me ver.
— É verdade. — Taichiro tomou a mão dela e a soltou em seguida. — Subirei sozinho, espere-me aqui.
— Eu posso subir. Esses degraus de pedra não são nada... Eu poderia segui-lo até o topo do monte Ogura, mesmo que nunca mais voltássemos — disse Keiko, segurando a mão dele e começando a subir a escadaria.

Como era raro que visitantes subissem aqueles degraus de pedra, na base de cada um deles brotavam ervas daninhas e samambaias. Aqui e ali também despontavam flores amarelas.

Subiram até um lugar onde havia três pequenos pagodes de pedra enfileirados.

— É aqui? — perguntou Keiko.
— Não, um pouco mais acima — respondeu Taichiro, avançando na direção dos túmulos. — Que pagodes de pedra esplêndidos, não acha? Chamados de *santeiryo*[5], são renomados pela excelência da arte em pedra. O pagode

---
5. Significa "túmulos dos três imperadores". Dizem que os túmulos pertencem aos imperadores Kameyama, Go Saga e Tsuchimikado.

da frente, em estilo Hokyointo[6], e o do centro, com cinco patamares, são os de mais belas formas, não acha?

Keiko concordou, observando.

— A pátina do tempo aderiu à pedra... — disse Taichiro.

— São do período Kamakura? — indagou Keiko.

— Sim, Mas acho que o pagode de dez patamares, do outro lado, é do período Namboku.[7] Originalmente com treze patamares, a parte superior teria desaparecido.

Com sua sensibilidade artística, Keiko pôde perceber a elegância e a graciosa nobreza dos pagodes. Por um momento, ela pareceu esquecer que segurava a mão de Taichiro.

— Nesta área há muitos túmulos de nobres, como as famílias Nijo, Takatsukasa e Sanjo, assim como os túmulos de Ryoi Suminokura[8] e Jinsai Ito[9], mas não são obras-primas como os *santeiryo* — disse Taichiro.

Continuaram a subir a escadaria até alcançarem um pequeno átrio chamado Kaisanbyo. Em seu interior, havia algo

---

6. Reproduz o molde de uma torre cônica com projeções em forma de pétala, baseado nas estupas, monumentos que guardam restos mortais de monges ou relíquias relacionadas a Buda.
7. Período entre 1336 e 1392 em que a corte imperial foi dividida em duas, a do Norte e a do Sul, originando disputas sucessórias do trono.
8. Comerciante e engenheiro (1554-1614), obteve permissão de Toyotomi Hideyoshi e Tokugawa Ieyasu para navegar e fazer comércio além-mar, indo até o Vietnã. Também contribuiu com a desobstrução dos canais do rio Oigawa, tornando-o navegável, obra que seus filhos continuaram.
9. Filósofo confuciano (1627-1705); criou a escola filosófica Kogigaku.

bastante raro: uma inscrição em pedra, instalada no alto, com as realizações do monge Tanku.[10]

Sem dedicar atenção à edificação, Taichiro seguiu até a fileira de túmulos em seu lado direito.

— É aqui. Os túmulos da família Sanjonishi. O último da direita é o de Sanetaka. Está escrito Sanetaka, antigo ministro do Interior.

Ao lado da modesta lápide que chegava à altura dos joelhos, havia uma outra com a inscrição Kineda, antigo ministro da Justiça. E, do lado esquerdo, lia-se Saneki, antigo ministro do Interior.

— Ministros foram sepultados em túmulos tão simples? — perguntou Keiko.

— Isso mesmo. Gosto muito dessa simplicidade.

A não ser pela inscrição com o nome e cargo oficial, essas lápides não diferiam daquelas de desconhecidos que se encontravam no Templo Nenbutsu-ji, em Adashino. Antigos e tomados pelo musgo, estavam encobertos pela terra e desgastados pelo tempo. Silentes. Taichiro se agachou ao lado da sepultura de Sanetaka, como se buscasse ouvir uma voz distante e vaga. Levada pelas mãos dadas, Keiko também se abaixou.

— Não é comovente? — perguntou ele, como se quisesse despertar o interesse de Keiko. — Pesquiso a respeito

---

10. Monge budista (1176-1253) da seita Jodo. Passou a ensinar no Templo Nison'in depois da morte de seu mestre.

de Sanetaka. Viveu até os oitenta e dois anos e, dos dezenove aos oitenta, escreveu um diário que se tornou fonte de referência sobre a cultura da região. Seu nome é com frequência mencionado nos diários de outros nobres da corte e mestres de *renga*. Foi um período fascinante, época de vitalidade cultural em meio a guerras e revoltas políticas.

— É por isso que gosta tanto do túmulo dele?
— Suponho que sim.
— Há quantos anos pesquisa sobre ele?
— Três anos. Não, agora já deve fazer quatro ou cinco.
— É desse túmulo que vem sua inspiração?
— Inspiração? Não sei — respondeu ele.

Subitamente, Keiko se apoiou sobre os joelhos do pensativo Taichiro, que se desequilibrou, fazendo com que ela caísse em seu colo, com os braços ao redor do seu pescoço.

— Bem na frente de seu precioso túmulo...

Taichiro ficou calado.

— Transforme-o em um local de boas lembranças para mim também... Esta pedra é onde está seu coração, Taichiro. Isso é o que ela significa.

— O que ela significa... — Ausente, ele repetiu as palavras de Keiko. — Com o passar do tempo, até mesmo as lápides desaparecem...

— O que você disse?
— Mesmo um túmulo de pedra é efêmero.
— Não consigo ouvir.

— Seu ouvido está próximo demais... — Os lábios de Taichiro quase tocavam a orelha de Keiko.

— Não, não! Assim você me faz cócegas! — Keiko balançou a cabeça, encostada no peito dele.

Taichiro não disse nada, e ela insistiu:

— Não devia respirar assim na minha orelha. — De perfil, olhou de relance para o rosto de Taichiro. — Detesto homens que provocam mulheres.

— Não estou provocando!

Prestes a rir, Taichiro percebeu que, pela primeira vez, seus braços estavam ao redor de Keiko deitada em seu colo. Sentia o peso sobre seus joelhos e, ao mesmo tempo, a agradável leveza do corpo dela.

Keiko tinha se apoiado inesperadamente nos joelhos encolhidos de Taichiro. E para não cair para trás, ele tinha contraído dedos e calcanhares sem se dar conta.

Os braços de Keiko ainda envolviam o seu pescoço, mas as mangas do quimono haviam deslizado até os cotovelos. Taichiro voltou a si ao sentir o toque frio da pele dela, macia e úmida. Notou que estava ofegante e, enquanto tentava acalmar a respiração, disse:

— Então estou fazendo cócegas em sua bela orelha?

— Minhas orelhas são muito sensíveis — sussurrou Keiko.

Suas orelhas eram sedutoras, e ele as tocou suavemente com a ponta dos dedos. Ela continuou de olhos abertos, sem mover a cabeça.

— São como flores misteriosas.

— Acha mesmo?

— Ouve alguma coisa?

— Sim, algo como...

— Como o quê?

— Não sei. Como o som de uma abelha pousando em uma flor... Não uma abelha, talvez uma borboleta.

— É porque estou tocando de leve.

— Você gosta de tocar as orelhas de mulheres?

— O quê? — Os dedos de Taichiro pararam.

— Gosta? — sussurrou, com a mesma voz gentil.

— Nunca vi uma orelha tão bonita... — respondeu ele, com dificuldade.

— Gosto de limpar a orelha dos outros. É esquisito, não? — disse Keiko. — E, como gosto, sou muito boa nisso. Gostaria de experimentar?

Taichiro não respondeu.

— Não venta nem um pouco.

— Sem vento, temos apenas a luz do sol.

— Sim. Sempre me lembrarei que, em uma manhã como esta, diante desse antigo túmulo, você me teve em seus braços. É estranho que um túmulo crie tal recordação.

— Mas os túmulos são feitos justamente para as lembranças.

— Estou certa de que a lembrança dessa manhã logo irá desaparecer. Você vai esquecer — disse Keiko. Ela se apoiou em uma das mãos e tentou se levantar do colo de Taichiro. — É doloroso.

— Por que acha que logo irei esquecer?

— É muito doloroso que seja assim! — Ela tentou se libertar do abraço, mas Taichiro a segurou perto de si. Seus lábios roçaram os dela.

— Não, não. Na boca, não.

Taichiro se assustou com a firme recusa dela. Keiko encostou o rosto no peito dele, como se quisesse esconder os lábios. Ele passou a mão pelos cabelos dela até a testa, tentando inclinar seu rosto para trás. Ela resistia.

— Está machucando meu olho — disse Keiko, sucumbindo à pressão das mãos de Taichiro, mas ainda de olhos fechados.

— Qual dos olhos eu machuquei?

— O direito.

— Ainda dói?

— Sim. Não vê as lágrimas?

Taichiro examinou o olho direito de Keiko, mas não havia nenhum sinal de irritação na pálpebra. Institivamente, ele se inclinou e beijou o olho que estaria machucado.

— Ah! — Keiko exclamou baixinho, sem parecer rejeitá-lo.

Taichiro sentiu entre os lábios os longos cílios dela. Mas, como se algo o assustasse, afastou-se.

— Você não se importa? Mesmo que não me deixe beijar sua boca...

— Eu não sei! Como pode dizer algo assim?

Para se levantar, ela se apoiou contra o peito de Taichiro, quase o fazendo perder o equilíbrio. Sua bolsa branca estava no chão. Ele a apanhou e se levantou também.

— Que bolsa grande!
— Sim. Eu trouxe roupas de banho.
— Roupas de banho?
— Você não tinha prometido que íamos ao lago Biwa? Taichiro não respondeu.
— Não consigo enxergar bem com o olho direito. Está tudo enevoado.

Keiko pegou na bolsa um espelho para examinar o olho.

— Não está vermelho.

Esfregou de leve a pálpebra direita com o dedo. Ao notar que Taichiro a observava fixamente, ficou de súbito ruborizada e abaixou o olhar, deixando transparecer um atraente pudor. Tocou a camisa de Taichiro onde seu batom deixara uma discreta marca.

— O que vamos fazer? — perguntou Taichiro, pegando a mão de Keiko.
— Desculpe-me, a mancha não vai sair.
— Não, não aparece se eu fechar o botão do paletó. Quero dizer, o que vamos fazer agora?
— Agora? — Keiko inclinou seu belo pescoço. — Não sei. Eu não sei de mais nada.
— Podemos ir ao lago Biwa à tarde.
— Que horas são agora?
— Nove e quarenta e cinco.
— Ainda? Pelo sol batendo nas folhas das árvores, parecia meio-dia... — Keiko olhou ao redor. — O monte Arashi está

bem próximo, não? No verão deve haver muitos visitantes por lá. Por que não vem ninguém aqui?

— Mesmo que visitem o Templo Nison'in, talvez sejam poucas as pessoas dispostas a subir até aqui.

Com um lenço, Taichiro enxugou o rosto molhado de suor, sentindo-se aliviado pelo rumo casual que a conversa tomava de novo.

— Gostaria de ver os vestígios de Shiguretei? Não sei qual dos três locais é onde Teika Fujiwara viveu, mas não importa muito saber. Já estive aqui duas ou três vezes antes e nunca subi até o alto...

Atrás deles, uma placa de madeira no sopé da montanha indicava a direção de Shiguretei.

— Precisamos subir ainda mais? — Keiko olhou para a montanha. — Tudo bem, vamos até o topo. Se eu não conseguir andar, seguirei descalça!

A trilha subia volteada por árvores e os galhos resvalavam ruidosamente o quimono de Keiko. Taichiro olhou para trás e segurou sua mão. Logo o caminho se dividiu em dois.

— Para que lado devemos seguir? Acho que é o da esquerda — apostou Taichiro. Mas essa trilha beirava um precipício, enquanto a outra seguia pela encosta da montanha. Taichiro hesitou. — Parece perigoso.

— Me dá medo! — Keiko se agarrou ao braço direito de Taichiro. — Como estou calçando *zori*[11], tenho medo de escorregar e cair. Vamos pela direita.

— Pela direita...? Não sei se Shiguretei fica à direita ou à esquerda... O caminho da direita parece também levar ao topo da montanha.

Essa parte da trilha estava quase escondida pelas árvores. Taichiro segurou a mão de Keiko e deixou que ela suavemente o guiasse, até que, de súbito, parou.

— Vai mesmo me fazer andar no meio dessas árvores vestindo quimono?

Além das árvores baixas que ocultavam os dois, erguiam-se três altos pinheiros. Através deles, podiam avistar as Colinas do Norte e os arredores da cidade logo abaixo.

— Onde estamos? — indagou Taichiro.

Keiko se encostou nele.

— Não faço ideia.

Lentamente ela se deixou cair nos braços de Taichiro, que cambaleou, sentando-se os dois no chão. Ainda em seus braços, Keiko alisou com a mão a barra de seu quimono.

Quando ele aproximou os lábios de seus olhos, Keiko apenas fechou as pálpebras. E mesmo ao beijar sua boca, ela não tentou impedi-lo. Mas manteve seus lábios cerrados, apertados um contra o outro.

---

11. Calçado parecido com chinelo, feito atualmente de vinil, mais comumente usado com quimono.

Taichiro acariciou seu jovem e esguio pescoço e deslizou a mão por dentro da abertura do quimono.

— Não! Não! — Keiko agarrou a mão de Taichiro entre as suas. Ainda assim, ele a tocou por cima do quimono. Ela guiou a mão de seu seio direito para o esquerdo. E então entreabriu os olhos, fitando-o.

— O direito não pode. Eu não gosto.

— O quê? — sem entender, Taichiro retirou de imediato a mão de seu seio esquerdo.

— Com o direito, fico triste — continuou Keiko, de olhos entreabertos.

— Triste?

— Sim.

— Mas por quê?

— Não sei. Talvez por não haver um coração do lado direito? — indagou Keiko, fechando os olhos com pudor. Aconchegou-se mais, seu seio esquerdo apoiado no peito de Taichiro. — Talvez haja algo anormal no corpo de uma garota. E talvez até mesmo perder essa anomalia poderia provocar uma certa tristeza.

Taichiro ignorava que Keiko não permitira que o pai tocasse seu seio esquerdo no hotel em Enoshima. Diferente daquela vez, agora evitava o direito. Mas pela sua maneira de falar, entendeu que essa não era a primeira vez que deixava um homem tocar seus seios. Essa certeza só aumentava seu desejo.

Taichiro a agarrou firmemente pelos cabelos e a beijou. A testa e o pescoço de Keiko estavam úmidos de suor.

Os dois desceram a montanha e passaram em frente ao túmulo da família Suminokura e chegaram ao Templo Gioji. De lá, retornaram caminhando devagar até o monte Arashi.

Almoçaram no restaurante Kitcho.

— Peço desculpas pela espera. O táxi acabou de chegar — avisou a garçonete.

— Ah! — deixou escapar Taichiro, fitando Keiko. Ele se deu conta de que, quando ela levantara para ir ao toalete, também havia pagado a conta e pedido um táxi.

Quando o veículo se aproximou do castelo Nijo, passando por dentro da cidade de Kyoto, ela disse de repente:

— Não pensei que chegaríamos tão cedo.

— Chegar aonde?

— Mas como você é distraído... Ao lago Biwa, é claro.

O táxi passou pela estação de trem na avenida Shichijo e em frente ao alto pagode do Templo To-ji. A estrada seguia pelo sul e contornava o rio Kamo, que nesse dia se mostrava agitado. O motorista apontou para a montanha ao lado da via e comentou:

— Aquele ali é o monte Ushio. Escreve-se com os ideogramas de "rabo de boi".

Virando à esquerda do monte, atravessaram a parte sul das colinas do leste. Avistaram o lago.

— É o lago Biwa. — Apesar da obviedade, a voz de Keiko estava animada. — Finalmente consegui trazê-lo até aqui. Finalmente...

Surpreso, Taichiro prestava mais atenção na quantidade de iates, lanchas e barcos de passeio do que na voz dela.

O táxi desceu pela antiga cidade de Otsu, virou à esquerda nas proximidades do observatório do lago Biwa, passou pelo circuito de corridas de lancha, pelo bairro central de Hama-otsu e entrou na avenida do hotel Biwako. Os dois lados da avenida estavam tomados por carros particulares estacionados.

Taichiro ficou atônito ao se dar conta que Keiko já devia ter indicado o destino quando chamara o táxi no restaurante Kitcho.

Um porteiro do hotel abriu a porta e os recebeu. Taichiro não teve outra escolha a não ser entrar.

Sem sequer olhar, Keiko foi até a recepção e disse com desembaraço:

— Telefonamos do restaurante Kitcho, no monte Arashi, para fazer a reserva em nome de Oki...

— Sim, sim, estamos cientes — respondeu o recepcionista. — É apenas por uma noite?

Keiko não respondeu. Calada, recuou para que Taichiro preenchesse o registro de hóspedes. Depois do que ela havia dito, ao invés de inventar uma identidade falsa, ele se viu obrigado a fornecer seu verdadeiro nome e endereço de

Kamakura. Embaixo, adicionou apenas "Keiko", o que fez com que se acalmasse um pouco.

O camareiro com a chave os acompanhou até o elevador e esperou os dois entrarem. A suíte ficava no segundo andar.

— Que quarto bonito! — disse Keiko.

A suíte tinha dois cômodos: um quarto de dormir ao fundo e, um outro maior à frente, com vista para o lago e para as colinas que faziam fronteira com Kyoto. Talvez para combinar com a construção *hafuzukuri*[12] típica do estilo Momoyama, o lado exterior da janela era cercado por balaústres vermelhos. O revestimento das paredes, bem como os batentes de madeira das janelas e a larga moldura da porta de vidro davam ao ambiente um ar calmo, mesmo que um pouco antiquado. Cada uma das amplas janelas cobria uma parede inteira.

Logo a camareira veio lhes trazer chá-verde.

Keiko estava de pé, diante da janela aberta que dava para o lago e, segurando a barra da cortina de renda branca, não se virou para trás.

Taichiro, sentado no meio do sofá, a observava. Keiko não vestia o mesmo quimono do dia anterior, mas usava o mesmo *obi* com o desenho de um arco-íris de quando fora buscá-lo no aeroporto de Itami.

---

12. Tipo de telhado trazido da China com dois declives que formam o gablete.

O lago se estendia à esquerda de Keiko. Um grupo de iates navegavam juntos na mesma direção. A maioria tinha velas brancas, mas algumas eram de cor vermelha, azul--marinho e violeta. Aqui e ali lanchas corriam lançando jatos d'água e deixando um rastro de espuma.

Pela janela, vinha o ruído dos motores das lanchas, dos hóspedes na piscina do hotel e o ronco do cortador de grama em algum lugar. Dentro do quarto, reverberava o zumbido do ar-condicionado.

Por um tempo, Taichiro esperou que Keiko falasse, até que perguntou:

— Quer chá, Keiko? — disse, pegando o *yunomi*[13] em cima da mesa. Ela balançou a cabeça negativamente. — Por que não diz nada? Por que está calada? Está sendo cruel.

Ela sacudiu as cortinas e pareceu cambalear.

— Não acha esta vista deslumbrante?

— Acho, sim. Mas penso mais na sua beleza. Seu pescoço, seu *obi*...

— Pensa quando eu estava em seus braços na montanha do Templo Nison'in?

— Eu...

— Mas deve estar bravo comigo. Está surpreso. Ou farto. Eu sei.

— Surpreso, eu estou.

---

13. Peça de cerâmica para beber chá, cujo formato é parecido ao de um copo.

— Eu estou surpresa comigo mesma. É terrível quando uma mulher se entrega por completo — baixou a voz. — E é por isso que não vem aqui ao meu lado, não é?

Taichiro levantou e se aproximou dela. Pôs a mão em seu ombro e a guiou com suavidade até o sofá. Keiko se sentou perto, mas seus olhos permaneceram baixos, sem olhar para ele.

— Me dê um pouco de chá — sussurrou ela.

Taichiro pegou o *yunomi* e o estendeu, perto do rosto de Keiko.

— De sua boca...

Taichiro hesitou por um instante, mas tomou um gole do chá quente e o derramou, aos poucos, entre os lábios de Keiko. Com os olhos fechados e o rosto voltado para cima, ela sorveu a bebida. Exceto pelos lábios e pela garganta que engoliu o chá, não mexeu as mãos, os pés ou qualquer parte do corpo.

— Mais... — disse ela, imóvel.

Taichiro tomou mais um gole do chá e deu-lhe de beber de sua boca.

— Ah, que delicioso. — Keiko abriu os olhos. — Eu poderia morrer agora. Se ao menos esse chá fosse veneno... Seria o fim. Eu já não estaria mais aqui. Nem você, Taichiro — continuou. — Vire para o outro lado.

Keiko fez com que Taichiro se virasse e encostou o rosto entre os ombros dele. Sem mudar de posição, ela o abraçou suavemente e procurou por suas mãos. Ele segurou uma das mãos dela, examinou e acariciou cada um de seus dedos, começando pelo mindinho.

— Desculpe. Estava distraída e não percebi... — disse Keiko. — Talvez você queira tomar um banho. Quer que eu prepare a água?

— Sim, seria bom.

— A menos que prefira apenas uma ducha.

— Acha que preciso?

— Eu gosto. É a primeira vez que um cheiro me parece tão agradável.

Taichiro ficou em silêncio.

— Mas você deve querer se refrescar um pouco.

Keiko se levantou e foi para o outro cômodo. Taichiro ouviu o som da água correndo.

Observava um barco de passeio se aproximar do ancoradouro do hotel quando ela terminou de lhe preparar o banho.

Taichiro ensaboava o corpo suado do passeio em Saga quando ouviu uma inesperada batida na porta. Encolheu-se na banheira, acreditando que Keiko entraria no banheiro.

— Taichiro, tem uma ligação para você.

— Ligação? Para mim? Impossível. Quem poderia ser? Deve ser engano, sem dúvida.

— É para você — disse Keiko apenas.

— Que estranho, ninguém sabe que estou aqui.

— Mas é para você...

Sem enxugar o corpo direito, Taichiro vestiu o *yukata* e saiu do banheiro.

— É uma ligação para mim? — Tinha uma expressão confusa.

Taichiro ia em direção ao telefone que havia sobre a mesa de cabeceira entre as duas camas quando Keiko disse:

— É o deste cômodo.

Em uma mesinha ao lado da televisão, o fone estava fora do gancho. Ele o pegou e, enquanto o levava ao ouvido, ela disse:

— É de sua casa em Kamakura.

— O quê? — Taichiro empalideceu. — Como?

— Sua mãe está na linha.

Taichiro não disse nada.

— Fui eu que liguei — continuou Keiko, com uma voz tensa. — Disse que estava com você no hotel Biwako e que você prometeu se casar comigo. E esperava que ela nos desse seu consentimento.

Com a respiração entrecortada, Taichiro apenas fitava o rosto dela.

A mãe havia ouvido as palavras ditas por Keiko. Quando fora tomar banho, Taichiro havia fechado as portas do quarto e do banheiro e, com o barulho da água, não pôde escutar a ligação. Mandá-lo para o banho teria sido parte de seu plano?

— Taichiro! Taichiro, você está aí? — ouvia-se a voz da mãe que chamava pelo fone na mão de Taichiro.

Keiko retribuía o olhar dele sem piscar. Seus olhos tinham um brilho belo e penetrante.

— Taichiro! Você me ouve?

— Estou aqui, mãe —disse ele, aproximando o fone do ouvido.

— Taichiro, é você mesmo? — A voz dela tremeu, revelando a ansiedade contida. — Não faça isso, Taichiro! Pare!

Taichiro ficou calado.

— Você sabe que tipo de garota ela é, não sabe? Você sabe!

Ele continuou em silêncio.

Keiko o abraçou por trás e afastou o fone, encostando os lábios em seu ouvido.

— Mãe... — chamou Keiko suavemente. — Será que a senhora sabe por que eu telefonei?

— Taichiro, você está me ouvindo? Quem mais está aí? — perguntou Fumiko.

— Eu estou.

Taichiro afastou a boca de Keiko e levou o fone de volta ao ouvido.

— Mas o que é isso? Que descaramento! Você está aí e ela é quem fala em seu lugar? Foi ela que o obrigou a telefonar? — Fumiko fazia perguntas sem esperar por respostas. — Taichiro, volte imediatamente para casa! Saia desse hotel agora e volte... Ela está ouvindo a ligação, não está? Pois que ouça. É melhor assim. Taichiro, não tenha nada com ela. É uma pessoa horrível. Eu sei, tenho certeza disso! Não me faça sofrer a ponto de enlouquecer novamente! Desta vez, eu morreria! Não estou dizendo isso só por que ela é aluna de Otoko Ueno.

Enquanto Taichiro ouvia a mãe, Keiko beijava sua nuca e sussurrava em seu ouvido:

— Se não fosse aluna da mestra Ueno, nunca teria conhecido você.

— É uma pessoa venenosa. Acho que ela tentou seduzir seu pai também — continuou a mãe.

— O quê? — disse Taichiro com uma voz quase inaudível. Virou-se para encarar Keiko. A cabeça dela se moveu ao mesmo tempo, os lábios ainda sobre a nuca dele. Pareceu a ele ser um grande insulto que falasse com a mãe enquanto Keiko o beijava. Mas simplesmente não conseguia desligar.

— Falaremos disso quando eu voltar para Kamakura.

— Sim, volte logo! Você não fez nada de errado com ela, não é? Não me diga que pretende passar a noite aí!

Ele não respondeu.

— Taichiro! — gritou a mãe. — Taichiro, olhe bem nos olhos dela. Pense no que ela disse. Por que acha que quer se casar com você, sendo aluna de Otoko Ueno? Não parece o plano de um demônio? Talvez não seja sempre assim, mas ela é contra a nossa família. Eu sou sua mãe e tenho certeza disso, não é imaginação minha! Quando você partiu para Kyoto dessa vez, tive um mau pressentimento. Seu pai também estranhou e ficou preocupado. Taichiro, se você não voltar, eu e seu pai vamos pegar o próximo voo para Kyoto, entendeu?

— Entendi.

— O que você entendeu? — Para se certificar, Fumiko continuou: — Você vai voltar, não é? Vai mesmo voltar para casa?

— Sim.

Keiko se virou, foi para o quarto e fechou a porta.

Taichiro permaneceu diante da janela, olhando para o lago. Um avião leve, provavelmente de passeio, distanciava-se baixo e perpendicular à superfície da água. Algumas lanchas trafegavam em alta velocidade, uma delas rebocava uma mulher sobre esquis aquáticos.

Ouviam-se vozes vindas da piscina. Três garotas em trajes de banho estavam deitadas no gramado logo abaixo da janela. A suíte parecia apropriada para a contemplação de jovens em trajes ousados.

— Taichiro! Taichiro! — Keiko o chamou do quarto. Quando abriu a porta, estava vestida em um maiô branco. Taichiro suspirou e desviou o olhar. A pele de Keiko, de leve cor de trigo, reluzia tanto que ele mal percebeu o maiô.

— O dia está tão bonito! — disse Keiko, da janela. O maiô deixava suas costas inteiramente à mostra. — Veja como o céu está bonito ali, acima das montanhas!

Nítidos e dourados, raios de sol caíam sobre as montanhas recortadas contra o céu.

— Aquele é o monte Hiei, não é? — perguntou Taichiro.

— É. Chamei você porque esses raios de sol parecem lanças atravessando nosso destino. O que achou da conversa com sua mãe? — perguntou, voltando-se para Taichiro. — Quero que sua mãe venha aqui. E seu pai também...

— O que está dizendo?

— É verdade. Estou falando sério.

De repente, agarrou-se a Taichiro.

— Venha comigo. Vou nadar. Quero mergulhar na água gelada. Você prometeu! Também prometeu que daríamos um passeio de lancha. Fez a promessa quando eu o esperei em Itami. — Keiko se apoiou nele, deixando que sustentasse todo o peso de seu corpo. — Você vai embora? Por causa do telefonema de sua mãe? Mas vão se desencontrar, seus pais certamente estão vindo para cá... Seu pai não devia querer, mas sua mãe deve ter obrigado.

— Keiko, você seduziu meu pai?

— Se eu seduzi? — Keiko afundou o rosto no peito de Taichiro e balançou a cabeça. — E você, eu o seduzi? Seduzi?

Taichiro passou os braços pelas costas nuas de Keiko.

— Não estou falando de mim, mas de meu pai. Não mude de assunto...

— Você também, Taichiro, não mude de assunto... Perguntei se eu seduzi você. É isso mesmo que você acha?

Taichiro não respondeu.

— Que homem pergunta para a garota que está abraçando se ela seduziu seu pai? Não percebe a dor que me causa? — lamuriou-se Keiko. — O que você quer que eu responda? Tenho vontade de morrer afogada no lago...

Ao segurar os ombros trêmulos de Keiko, a mão de Taichiro tocou uma das alças do maiô. Ele a deslizou para baixo, deixando um dos seios à mostra. Ele então desceu a outra alça. Com os seios à mostra, Keiko deixou-se cair sobre Taichiro.

— Não, o direito não. Por favor, não toque o direito — repetiu Keiko, com lágrimas escorrendo dos olhos fechados.

Keiko cobriu o peito e as costas com uma toalha de banho grande e saiu do banheiro. Taichiro estava em mangas de camisa. Desceram juntos pelo saguão até o jardim de frente para o lago. Em uma árvore alta se abriam flores brancas parecidas com hibiscos.

Havia duas piscinas, uma de cada lado do jardim. As crianças brincavam na do lado direito, no meio do gramado. A outra era cercada, localizada em uma parte mais alta do terreno.

Taichiro parou no portão da piscina à esquerda.

— Não vai entrar?

— Não, vou esperar por você — hesitou Taichiro, tímido em se mostrar em companhia de Keiko, cuja beleza chamava tanta atenção.

— É mesmo? Vou apenas dar um rápido mergulho. Como é a primeira vez este ano, quero ver se ainda consigo nadar bem.

Cerejeiras e salgueiros-chorões se erguiam em espaços regulares no gramado à beira do lago.

Taichiro se sentou no banco à sombra de uma velha árvore de muku[14] e observava a piscina. Não avistou Keiko até encontrá-la sobre o trampolim. Embora fosse de baixa estatura, o corpo tenso de Keiko, preparando-se para saltar, se destacava contra a superfície do lago Biwa e as montanhas distantes, cobertas de névoa. Um rosa suave e fugaz pairava sobre as águas escuras do lago. As velas dos iates refletiam as cores serenas do anoitecer. Ela mergulhou, lançando no ar respingos d'água.

Ao sair da piscina, Keiko alugou uma lancha e chamou Taichiro.

— Já está anoitecendo, que tal deixarmos para amanhã? — sugeriu Taichiro.

— Amanhã? Você disse amanhã? — indagou Keiko, com os olhos brilhando. — Então você vai ficar? Vai realmente ficar? Amanhã? Não sei. Será mesmo? Ao menos cumpra uma de suas promessas... Não vamos longe, voltamos logo. Quero só me afastar um pouco da margem com você, ir ao encontro das ondas do destino e flutuar sobre elas. O amanhã é fugidio. Vamos hoje! — Ela insistiu, puxando a mão de Taichiro. — Olhe quantas lanchas e barcos a vela ainda estão na água!

---

14. Nome científico: *Aphananthe áspera*.

Três horas mais tarde, Otoko Ueno soube pelo rádio sobre um acidente de lancha no lago Biwa. Seguiu às pressas de carro até o hotel, onde encontrou Keiko acamada.

Noticiaram que uma jovem chamada Keiko havia sido resgatada por um iate. Assim que Otoko entrou no quarto, perguntou à camareira que parecia encarregada de cuidar dela:

— Ela ainda está inconsciente? Ou está dormindo? Como ela está?

— Deram um sedativo para que dormisse — respondeu a camareira.

— Sedativo? Então está fora de perigo?

— Sim. O médico disse que não há motivo para se preocupar. Ela parecia morta quando foi resgatada e trazida para a margem, mas recobrou a consciência depois de fazerem respiração artificial e ela expelir toda água. Ela então começou a se debater como se tivesse enlouquecido, chamando pelo acompanhante...

— E ele, como está?

— Ainda não o encontraram. Continuam procurando.

— Ainda não o encontraram? — repetiu Otoko, com a voz trêmula. Ela se aproximou da janela com vista para o lago. As luzes das lanchas circulavam sem cessar sobre a superfície escura das águas, à esquerda do hotel.

— Todas as lanchas da região estão procurando, não só as do hotel. E também as da polícia. Viu as fogueiras nas margens? — perguntou a camareira. — Mas receio que seja tarde demais para salvá-lo...

Otoko agarrou-se à cortina da janela.

Além do movimento das inquietantes luzes das lanchas, um barco de passeio, decorado com lanternas vermelhas, aproximava-se lentamente do ancoradouro do hotel. Na margem oposta do lago, fogos de artifício eram lançados.

Ao perceber que seus joelhos tremiam, Otoko foi tomada por calafrios por todo corpo e as lanternas do barco de passeio pareceram oscilar diante de seus olhos. Com esforço, ela se virou. A porta do quarto estava aberta. Viu a cama de Keiko e voltou apressadamente para perto dela, como se não lembrasse que já estivera ali.

A jovem dormia serenamente. Sua respiração estava normal. Otoko ficou ainda mais angustiada.

— Podemos deixá-la assim?

— Sim.

— Quando ela vai acordar?

— Não se sabe.

Otoko pôs a mão na testa de Keiko. A pele fria e um pouco úmida pareceu aderir ao calor da palma da mão. O rosto aparentava ter perdido a cor, exceto pelas bochechas, um pouco avermelhadas.

Seus cabelos estavam espalhados sobre o travesseiro, de forma desordenada. De tão escuros, era como se ainda estivessem molhados. Pela boca entreaberta, podia-se vislumbrar seus belos dentes. Os braços estavam estendidos ao lado do corpo sob a coberta. O rosto jovem e inocente de Keiko comoveu Otoko. Sua face adormecida parecia se despedir da professora e da vida.

No momento em que estendia a mão para sacudir Keiko e despertá-la, ouviu uma batida na porta do outro cômodo.

— Pois não? — atendeu a camareira.

Toshio Oki e a esposa, Fumiko, entraram. Ao se deparar com Otoko, Oki ficou imóvel.

— Você é a senhorita Ueno, não é? — disse Fumiko. — É você?

Era a primeira vez que as duas se encontravam.

— Então foi você quem matou Taichiro, não foi? — A voz de Fumiko soou fria, como se isenta de sentimentos.

Otoko apenas moveu os lábios sem nada dizer. Apoiou-se com uma das mãos na cama de Keiko. Fumiko se aproximou. Otoko se encolheu como se a evitasse.

Fumiko agarrou Keiko com as duas mãos e a sacudiu, gritando:

— Acorde! Acorde! — Sacudiu com força, fazendo a cabeça de Keiko balançar. — Não vai acordar? Por que não acorda?!

— Não adianta, deram um sedativo para ela... — disse Otoko. — Não vai acordar.

— Tenho algo para perguntar a ela. A vida do meu filho depende disso! — disse Fumiko, insistindo em acordar Keiko.

— Vamos esperar um pouco. Muitas pessoas estão lá fora procurando por Taichiro — disse Oki. Com o braço sobre o ombro de Fumiko, os dois deixaram o quarto.

Respirando com dificuldade, Otoko deixou-se cair na cama, fitando o rosto adormecido de Keiko. Lágrimas brotaram nos cantos de seus olhos.

— Keiko!

Keiko abriu os olhos. As lágrimas reluziram quando ergueu os olhos na direção de Otoko.

Outras obras de literatura japonesa publicadas
pela Editora Estação Liberdade

YASUNARI KAWABATA
  A casa das belas adormecidas
  Contos da palma da mão
  Kyoto
  A dançarina de Izu
  O som da montanha
  O lago
  O país das neves
  Mil tsurus
  O mestre de Go
  A Gangue Escarlate de Asakusa
  Kawabata-Mishima: correspondência 1945-1970

NATSUME SOSEKI
  Botchan
  E depois
  Eu sou um gato
  O portal
  Sanshiro

Jun'ichiro Tanizaki
  Diário de um velho louco
  A gata, um homem e duas mulheres seguido de *O cortador de juncos*
  As irmãs Makioka
  A Ponte Flutuante dos Sonhos seguido de *Retrato de Shunkin*

Yasushi Inoue
  O castelo de Yodo
  O fuzil de caça

Nagai Kafu
  Crônica da estação das chuvas
  Guerra de gueixas
  Histórias da outra margem

Yoko Ogawa
  A fórmula preferida do Professor
  O museu do silêncio
  A polícia da memória

Osamu Dazai
  Declínio de um homem

Eiko Kadono
  Entregas expressas da Kiki

Ryunosuke Akutagawa
  Kappa e o levante imaginário

Eiji Yoshikawa
  Musashi

Ogai Mori
Vita sexualis

Hiromi Kawakami
Quinquilharias Nakano
A valise do professor

Banana Yoshimoto
Tsugumi

Sayaka Murata
Querida konbini
Terráqueos

Yukio Mishima
Vida à venda
O marinheiro que perdeu as graças do mar

ESTE LIVRO FOI COMPOSTO EM GATINEAU 11 POR 16 E
IMPRESSO SOBRE PAPEL AVENA 80 g/m² NAS OFICINAS DA
MUNDIAL GRÁFICA, SÃO PAULO — SP, EM MAIO DE 2022